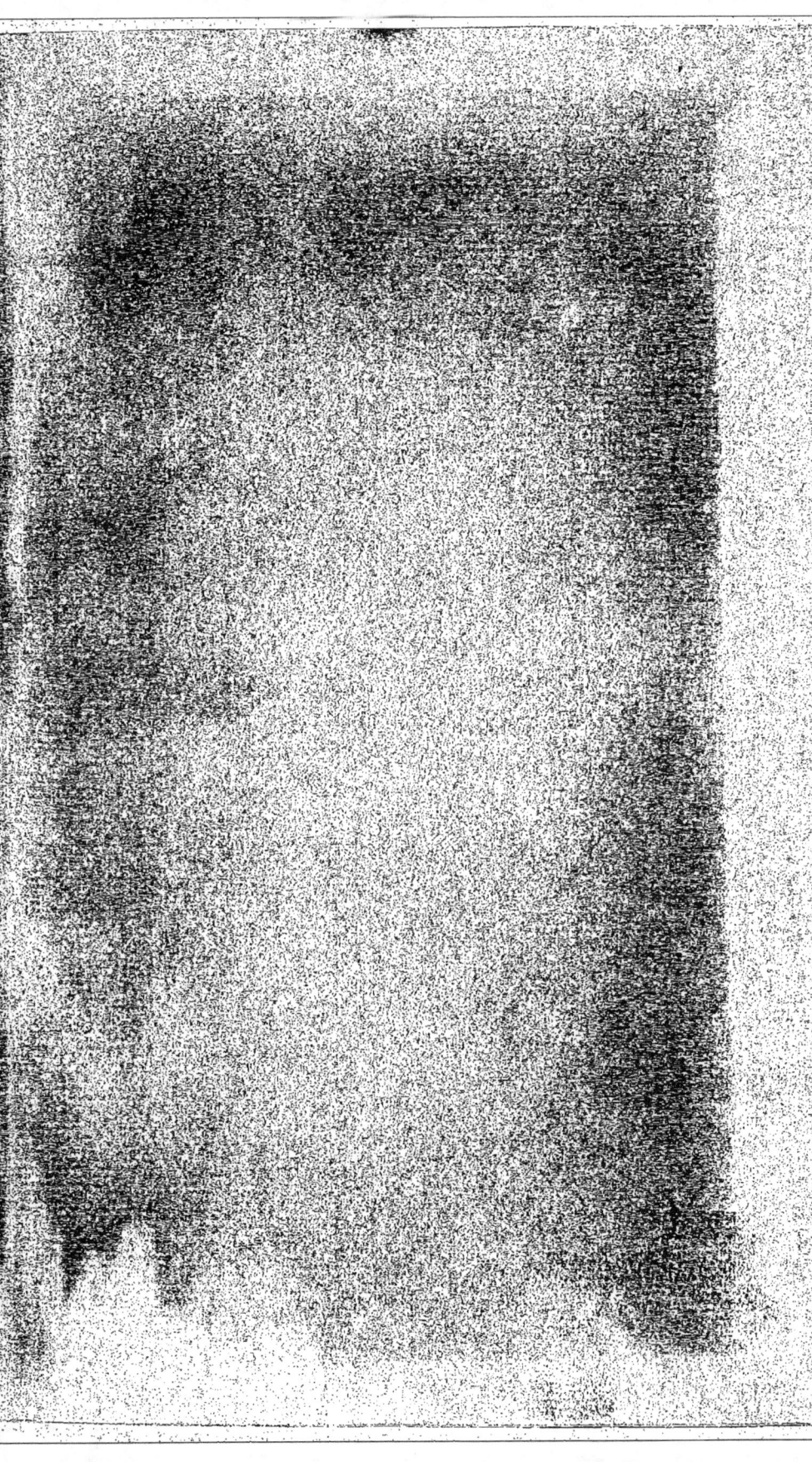

LE
MORE DE VENISE,

OTHELLO.

TRAGÉDIE.

IMPRIMERIE DE A. BARBIER,

RUE DES MARAIS S.-G. N. 17.

LE
MORE DE VENISE,
OTHELLO.

TRAGÉDIE

TRADUITE DE SHAKSPEARE EN VERS FRANÇAIS,

PAR

LE C^{TE} ALFRED DE VIGNY,

ET REPRÉSENTÉE A LA COMÉDIE-FRANÇAISE

LE 24 OCTOBRE 1829.

Come high or low.

SHAKSPEARE.

Je voudrais bien savoir si la grande règle de
toutes les règles n'est pas de plaire? Laissons-
nous aller de bonne foi aux choses qui nous
prennent par les entrailles, et ne cherchons
point de raisonnemens pour nous empêcher
d'avoir du plaisir.

MOLIÈRE.

PARIS.

CHEZ LEVAVASSEUR, LIBRAIRE,
PALAIS-ROYAL.

URBAIN CANEL, LIBRAIRE,
RUE J.-J. ROUSSEAU, N. 16.

1830.

LETTRE

À LORD*** EARL OF***

SUR LA SOIRÉE DU 24 OCTOBRE 1829,

ET SUR UN SYSTÈME DRAMATIQUE.

Vous avez grand tort de vous imaginer que la
France s'occupe de moi, elle qui se souvient à
peine aujourd'hui de la conquête de l'empereur
Nicolas sur l'empire vermoulu des Turcs ; laquelle
conquête est d'hier. J'ai eu *ma soirée*, mon cher
Lord, et voilà tout. Une soirée décide de l'existence ou de l'anéantissement d'une tragédie, elle
est même, je vous assure, toute sa vie, car exami-
nez de près cette question, et vous verrez que si,

a

une heure avant, elle n'était pas du tout, une heure après, elle n'est presque pas. Voici comment :

Une tragédie est une pensée qui se métamorphose tout-à-coup en *machine :* mécanique aussi compliquée que feu la *machine* de Marly, de royale mémoire, dont vous avez vu quelques soliveaux noirs, flottant sur la boue. Cette mécanique se monte à grands frais de temps, d'idées, de paroles, de gestes, de carton peint, de toiles et d'étoffes brodées. Une grande multitude vient la voir. *La soirée* venue, on tire un ressort et la *machine* remue toute seule pendant environ quatre heures, les paroles volent, les gestes se font, les cartons s'avancent et se retirent, les toiles se lèvent et s'abaissent, les étoffes se déploient, les idées deviennent ce qu'elles peuvent au milieu de tout cela; et si, par fortune, rien ne se détraque, au bout des quatre heures, la même personne tire le même ressort et la *machine* s'arrête. Chacun s'en va, tout est dit. Le lendemain, la *multitude* diminue justement de moitié et la *machine* commence à s'engourdir. On change une petite roue, un levier, elle roule encore un certain nombre de fois, après lesquelles les frottemens usent les rouages qui se désunissent un peu et commencent à crier sur les gonds. Après un autre nombre de soirs, la *machine* ayant toujours diminué de *qualité*, et la *multitude* de *quantité*, le mouvement cesse tout-à-coup dans la solitude.

Voilà à peu près la déstinée de toutes les idées réduites en mécaniques à ressorts dramatiques, et nommées communément *tragédies*, *comédies*, *drames*, *opéras*, etc. etc., et il n'y a pas à Paris un étudiant qui ne vous puisse dire, à deux jours près, combien de fois celle-ci ou celle-là pourra se mouvoir et opérer de suite, l'une cent fois, c'est dit-on, le maximum, l'autre six, une autre plus, une autre moins.

On ne peut donc le nier : faire jouer une tragédie, n'est autre chose que préparer *une soirée*, et le véritable titre doit être la date de la représentation. Ainsi, d'après ce principe, au lieu de *as yon like it*, comme écrivit Shakspeare un jour, j'aurais mis, dans l'embarras du choix, en tête de sa comédie : 6 *january* 1600. Et le *More de Venise* ne doit pas se nommer autrement pour moi que le 24 octobre 1829.

Aujourd'hui le bruit est fini, c'est un feu d'artifice éteint. Je ne vous cacherai pas que lorsque cette idée m'a frappé comme un trait de lumière, j'ai trouvé les préparatifs de ces sortes de soirées

un peu bien longs, comme dit souvent notre grand
Molière. Par exemple pour m'arranger un 24 *octobre*, il m'a fallu quitter à mon grand regret,
une histoire ou l'histoire (ce qu'il vous plaira),
dans le genre de Cinq-Mars, que je préparais pour
m'amuser moi-même, si je puis, ou amuser les
petits enfans. Cette interruption m'a coûté. Mais
il le fallait. J'avais quelque chose de pressé à dire
au public, et la *machine* dont je vous ai parlé,
est la voie la plus prompte. C'est vraiment une
manière excellente de s'adresser à trois mille hommes assemblés, sans qu'ils puissent en aucune
façon, éviter d'entendre ce que l'on a à leur dire.
Un lecteur a bien des ressources contre vous,
comme par exemple, de jeter le livre au feu ou
par la fenêtre; on ne connaît aucun moyen de
répression contre cet acte d'indignation; mais contre le spectateur, on est bien plus fort; une fois
entré, il est pris comme dans une souricière, et
il est bien difficile qu'il sorte s'il a des voisins
brusques et que le bruit dérange. Il y a telle
place où il ne peut tirer son mouchoir. Dans cet
état de contraction d'étouffement et de suffoca-
tion, il faut qu'il écoute. *La soirée* finie, trois
mille intelligences ont été remplies de vos idées.
N'est-ce pas là une invention merveilleuse?

Or, voici le fonds de ce que j'avais à dire aux intelligences, le 24 octobre 1829.

« Une simple question est à résoudre. La voici :

« *La scène française s'ouvrira-t-elle, ou non,*
« *à une tragédie moderne produisant : — Dans sa*
« *conception, un tableau large de la vie, au lieu*
« *du tableau resserré de la catastrophe d'une in-*
« *trigue ; — Dans sa composition, des caractères,*
« *non des rôles, des scènes paisibles sans drame,*
« *mêlées à des scènes comiques et tragiques ; —*
« *Dans son exécution, un style familier, co-*
« *mique, tragique, et parfois épique ?*

« Pour résoudre cette triple question, une tra-
« gédie inventée serait insuffisante, parce que
« dans une première représentation, le public
« cherchant toujours à porter son examen sur l'ac-
« tion, marche à la découverte, et, ignorant l'en-
« semble de l'œuvre, ne comprend pas ce qui mo-
« tive les variations du style.

« Une fable neuve ne serait pas une autorité
« capable de consacrer une exécution neuve
« comme elle, et succomberait nécessairement
« sous une double critique ; des essais honorables
« l'ont prouvé.

« Une œuvre nouvelle prouverait seulement que
« j'ai inventé une tragédie bonne ou mauvaise ;
« mais les contestations s'élèveraient infailliblement
« pour savoir si elle est un exemple satisfaisant du
« système à établir, et ces contestations seraient
« interminables, pour nous ; le seul arbitre étant
« la postérité.

« Or, la postérité a prononcé sur la tombe de
« Shakspeare les paroles qui font le grand homme ;
« donc une de ses œuvres faite dans le système
« auquel j'ai foi est le seul exemple suffisant.

« Ne m'attachant, pour cette première fois,
« qu'à la question du style, j'ai voulu choisir une
« composition consacrée par plusieurs siècles et
« chez tous les peuples.

« Je la donne, non comme un modèle pour
« notre temps, mais comme la représentation d'un
« monument étranger, élevé autrefois par la
« main la plus puissante qui ait jamais créé pour
« la scène, et selon le système que je crois conve-
« nable à notre époque ; à cela près des différences
« que les progrès de l'esprit général ont appor-
« tées dans la philosophie et les sciences de notre
« âge, dans quelques usages de la scène et dans
« la chasteté du discours.

« Ecoutez ce soir le langage que je pense devoir

« être celui de la tragédie moderne; dans lequel
« chaque personnage parlera selon son caractère,
« et dans l'art comme dans la vie, passera de la
« simplicité habituelle à l'exaltation passionnée;
« du *récitatif* au *chant*. »

Voilà quel fut le sens de cette entreprise très-
désintéressée de ma part, malgré le succès; car
il est possible qu'après avoir touché, essayé et
bien examiné avec un prélude de Shakspeare, cet
orgue aux cent voix qu'on appelle théâtre, je ne
me décide jamais à le prendre pour faire entendre
mes idées. L'art de la scène appartient trop à
l'action pour ne pas troubler le recueillement du
poète; outre cela, c'est l'art le plus étroit qui existe,
déjà trop borné pour les développemens philoso-
phiques à cause de l'impatience d'une assemblée et
du temps qu'elle ne veut pas dépasser, il est encore
resserré par des entraves de tout genre. Les plus
pesantes sont celles de la censure théâtrale, qui
empêche toujours d'approfondir les deux caractères sur lesquels repose toute la civilisation moderne, *le prêtre et le roi*, on ne peut plus que les
ébaucher, chose indigne de tout homme sérieux,
qui se sent le besoin de voir jusqu'au fond de
tout ce qu'il regarde. Je ne compte pas les innombrables et obscures résistances qu'il faut vaincre

pour arriver à un résultat passager. Cette modeste *traduction*, annoncée comme telle et aussi inoffensive que le furent toujours mes écrits, en a éprouvé de si grandes et de si imprévues que je suis encore à me demander quel miracle la fit réussir. Cependant la *soirée* du 24 octobre l'a consacrée. Qu'une douzaine d'autres soirs aient suivi celui-là, qu'il en vienne d'autres encore, peu importe : d'après ce que je vous ai dit ce sont comme vous voyez des soirs de luxe. Puisque une tragédie dans son succès a la conformation d'une syrène, *desinit in piscem mulier formosa supernè*, que sa queue de poisson commence à s'amoindrir à la ceinture ou au-dessus ou au-dessous, la différence est peu importante; il s'agit de savoir si elle surnagera toujours, et si après avoir plongé, comme c'est la coutume, elle reparaîtra souvent sur l'eau. Comme ceci est de l'avenir et ne touche que moi et non les questions générales, je n'en ai rien à dire.

Parlons du public.

Que justice lui soit enfin rendue, il a montré hautement qu'il lui fallait entendre et voir la *vérité* pour laquelle combattent aujourd'hui tous les hommes forts dans tous les arts. Je ne sais ce que c'est que *public*, si ce n'est majorité, et elle a voulu ce que nous voulons. Quelque chose me disait que son heure était venue, et il y a long-temps que j'attends qu'elle sonne*. La Routine a reculé cette fois, la Routine, mal qui souvent afflige notre pays, la Routine chose contraire à l'art parce qu'il vit de mouvement, et elle d'im-mobilité. Il n'y a pas de peuple chez lequel au-jourd'hui les coutumes de la littérature et des arts enchaînent et clouent à la même place plus de gens que chez nous que vous croyez si légers. Oui, la grande France est quelquefois négligente, et en toute chose sommeille souvent ; cela est heu-reux pour le repos du monde, car lorsqu'elle s'éveille elle l'envahit ou l'embrâse de ses lumières, mais le reste du temps elle reçoit trop souvent la direc-tion, en politique des plus nuls, en intelligence

---

* En 1824, j'imprimai quelque chose de ces mêmes doctrines que je viens de mettre à exécution dans la *muse française*. Ce fut à propos d'une honorable tentative de M. de Sorsum, poète et savant qui a trop peu vécu, et tra-duisit plusieurs tragédies de Shakspeare en prose, vers blancs et vers rimés. Système qui n'est pas le mien, et que je crois à jamais impraticable dans notre langue, mais dont je me hâtai de faire connaître l'entreprise avec l'es-time que j'ai pour tout esprit qui fait un pas et tente un chemin.

des plus communs. De temps à autre le public dans sa majorité saine et active sent bien qu'il faut marcher, et désire des hommes qui avancent; mais presque toujours une foule d'esprits *infirmes* et paresseux qui se donnent la main, forment une chaîne qui l'arrête et l'enveloppe; leur galvanisme soporifique s'étend, l'engourdit, il se recouche avec eux et se rendort pour long-temps. Ces malades (bonnes gens d'ailleurs), aiment à entendre aujourd'hui ce qu'ils entendaient hier, mêmes idées, mêmes expressions, mêmes sons; tout ce qui est nouveau leur semble ridicule, tout ce qui est inusité, barbare, *tout leur est Aquilon.* Débiles et souffreteux, accoutumés à des tisannes douces et tièdes, ils ne peuvent supporter le vin généreux; ce sont eux que j'ai cherché à guérir, car ils me font peine à voir si pâles et si chancelans. Quelquefois je leur ai fait bien du mal, au point de les faire crier, mais moyennant quelques adoucissemens, à leur usage, ils se trouvent à présent dans un bien meilleur état de santé; je vous donnerai de leurs nouvelles de temps en temps.

Laissons de côté cette puérile question des représentations dont je vous ai parlé légèrement comme d'une chose assez légère en elle-même. Nous pouvons quelquefois sourire en parlant des hommes, jamais en traitant des idées. Parlons des systèmes en général et, en particulier de ce système de réforme dramatique.

Il est incroyable qu'à force de dénaturer les mots, on en soit venu à prendre quelquefois ce mot système en mauvaise part. *Système* (ιστημι), signifie par sa racine, si j'ai bonne mémoire du grec, *ordre*, enchaînement de principes et de conséquences composant une doctrine, un dogme. Tout homme qui a des idées et ne les enchaîne pas dans un système entier, est un homme incomplet ; il ne produira rien que de vague ; s'il fait quelque chose de passable, ce sera au hasard, et comme par bouffées ; il marchera toujours à tâtons dans le brouillard. Voyez au contraire, une pensée neuve germer dans une tête fortement organisée , elle s'y multiplie et se coordonne d'une manière admirable , en un seul instant, tant la chaleur et le travail continu d'un esprit vigoureux la fait rapidement mûrir ; hardiment fécondée elle enfante à son tour des générations non interrompues de pensées qui lui ressemblent et dépendent uniquement d'elle. Tout involontaire qu'est l'inspiration du poète, cependant elle l'entraîne souvent à son insu, et sans qu'il puisse s'en rendre compte, dans une succession d'idées qui forment un entier système, une ordonnance parfaite sans laquelle il ne serait rien, sans laquelle il ne serait pas. Ainsi je pense, que tel homme qui vous paraît tout instinctif et incapable d'écrire une théorie sur ses propres œuvres dès que l'enivrement de l'enthousiasme est apaisé; cet homme même fît - il serment qu'il n'a pas de système, est plus dépendant du sien que tout autre homme, précisément parce qu'il ne se connaît pas, n'a pas analysé le système qui l'entraîne et n'est pas libre de le démolir pour en construire un second supérieur au premier.

L'histoire du monde n'est que celle de plusieurs systèmes en action, et chacun de ces systèmes étant réduit à son idée première, on pourrait réduire cette histoire elle-même à une vingtaine d'idées tout au plus. Pas un grand homme n'a surgi, homme de pensée, ou homme d'action qui n'ait créé et mis en œuvre un système; avec cette différence que *le penseur* est bien supérieur à l'autre en ce qu'il vit dans les idées, règne par les idées, les présente toutes nues, pures des souillures de la vie, libres de ses accidens, et ne leur devant rien; tandis que l'autre, capitaine ou législateur, jeté dans un océan de circonstances, élevé par une vague, précipité par l'autre, entraîné par un courant dont il cherche à profiter, change vingt fois de route, de projets et de plans, oubliant le principe qu'il a voulu mettre au jour, et faisant souvent céder sa conviction à sa fortune.

Le mot justifié, redescendons pour l'appliquer aux deux systèmes dramatiques qui occupent quelques esprits, l'un par son agonie, l'autre par sa naissance.

Je veux suivre avec vous le même ordre que j'ai établi tout à l'heure et parler d'abord de la composition des œuvres.

Grâce au ciel le vieux trépied des unités sur lequel s'asseyait Melpomène, assez gauchement quelquefois, n'a plus aujourd'hui que la seule base solide que l'on ne puisse lui ôter : l'unité d'intérêt dans l'action. On sourit de pitié quand on lit dans un de nos grands écrivains : *Le spectateur n'est que trois heures à la comédie ; il ne faut donc pas que l'action dure plus de trois heures.* Car autant eût valu dire : Le lecteur ne met que quatre heures à lire tel poème ou tel roman, il ne faut donc pas que son action dure plus de quatre heures. Cette phrase résume toutes les erreurs qui naquirent de la première. Mais il ne suffit pas de s'être affranchi de ces entraves pesantes il faut encore effacer l'esprit étroit qui les a créées.

Venez, et qu'un sang pur par mes mains épanché
Lave jusques au marbre où ses pas ont touché.

Considérez d'abord, que dans le système qui
vient de s'éteindre, toute tragédie était une catastrophe et un dénouement d'une action déjà mûre
au lever du rideau, qui ne tenait plus qu'à un fil
et n'avait plus qu'à tomber. De là est venu ce défaut qui vous frappe ainsi que tous les étrangers
dans les tragédies françaises; cette parcimonie de
scènes et de développemens, ces faux retardemens,
et puis tout-à-coup cette hâte d'en finir, mêlée à
cette crainte que l'on sent presque partout de manquer d'étoffe pour remplir le cadre de cinq actes.
Loin de diminuer mon estime pour tous les hommes
qui ont suivi ce système, cette considération l'aug-
mente; car il a fallu, à chaque tragédie, une sorte
de tour d'adresse prodigieux, et une foule de ruses
pour déguiser la misère à laquelle ils se condam-
naient; c'était chercher à employer et à étendre
pour se couvrir le dernier lambeau d'une pourpre
gaspillée et perdue.

Ce ne sera pas ainsi qu'à l'avenir procédera le
poète dramatique. D'abord il prendra dans sa large
main beaucoup de temps, et y fera mouvoir des
existences entières; il créera l'homme, non comme

espèce, mais comme *individu* ; seul moyen d'intéresser à l'humanité ; il laissera ses créatures vivre de leur propre vie et jettera seulement dans
leurs cœurs ces germes de passions par où se
préparent les grands événemens ; puis lorsque
l'heure en sera venue et seulement alors, sans que
l'on sente que son doigt la hâte, il montrera la destinée enveloppant ses victimes dans des nœuds aussi
larges, aussi multipliés, aussi inextricables que ceux
où se tordent Laocoon et ses deux fils. Alors bien
loin de trouver des personnages trop petits pour
l'espace, il gémira, il s'écriera qu'ils manquent
d'air et de place ; car l'art sera tout semblable
à la vie et dans la vie une action principale entraîne autour d'elle un tourbillon de faits nécessaires et innombrables. Alors le créateur trouvera
dans ses personnages assez de têtes pour répandre
toutes ses idées, assez de cœurs à faire battre de
tous ses sentimens, et partout on sentira son âme
entière agitant la masse. *Mens agitat molem.*

Je suis juste, tout était bien en harmonie dans
l'ex-système de tragédie ; mais tout était d'accord
aussi dans le système féodal et théocratique, et
pourtant, il fut. Pour exécuter une longue catastrophe qui n'avait de corps que parce qu'elle était
enflée, il fallait substituer des rôles aux caractères,

des abstractions de passions personnifiées à des
hommes; or, la nature n'a jamais produit une famille d'hommes, une maison entière, dans le sens
des anciens (domûs) où père et enfans, maître et
serviteurs se soient trouvés également sensibles,
agités au même degré par le même évènement, s'y
jetant à corps perdu, prenant au sérieux et de
bonne foi toutes les surprises et les pièges les plus
grossiers, et en éprouvant une satisfaction solennelle, une douleur solennelle, ou une fureur solennelle; conservant précieusement le sentiment
unique qui les anime depuis la première phase de
l'événement jusqu'à son accomplissement, sans
permettre à leur imagination de s'en écarter d'un
pas, et s'occupant enfin d'une affaire unique, celle
de commencer un dénouement et de le retarder
sans pourtant cesser d'en parler.

Donc il fallait, dans des vestibules qui ne me-
naient à rien, des personnages n'allant nulle part,
parlant de peu de chose, avec des idées indécises
et des paroles vagues, un peu agités par des sentimens mitigés, des passions paisibles, et arrivant
ainsi à une mort gracieuse ou à un soupir faux.
O vaine fantasmagorie! ombres d'hommes dans
une ombre de nature! vides royaumes!.. *Inania
regna!*

Aussi n'est-ce qu'à force de génie ou de talent que les premiers de chaque époque sont parvenus à jeter de grandes lueurs dans ces ombres, à arrêter de belles formes dans ce chaos; leurs œuvres furent de magnifiques exceptions, on les prit pour des règles. Le reste est tombé dans l'ornière commune de cette fausse route.

Il n'est pourtant pas impossible qu'il se trouve encore des hommes qui parlent bien cette langue morte. Dans le quinzième siècle on écrivait des discours en latin qui étaient fort estimés.

Pour moi je crois qu'il ne serait pas difficile de prouver que la puissance qui nous retint si longtemps dans ce monde de convention, que la muse de cette tragédie secondaire fût la Politesse. Oui, ce fut elle certainement. Elle seule était capable de bannir à la fois les caractères vrais, comme grossiers, le langage simple, comme trivial, l'idéalité de la philosophie et des passions, comme extravagance, la poésie, comme bizarrerie.

La politesse, quoique fille de la cour, fut et sera toujours *niveleuse*, elle efface et aplanit tout; *ni trop haut ni trop bas* est sa devise. Elle n'entend pas la Nature qui crie de toutes parts au génie comme Macbeth : *Viens haut ou bas.* — *Come high or low !*

b

L'homme est exalté ou simple; autrement il est faux. Le poète saura donc à l'avenir que montrer l'homme tel qu'il est, c'est déjà émouvoir. En vérité, je n'ai nul besoin de toucher dès l'abord le *fil* toujours pressenti d'une action pour m'intéresser à un caractère tracé avec vérité; on m'a déjà ému si l'on m'a présenté l'image d'une vraie créature de Dieu. Je l'aime parce qu'elle *est*, et que je la reconnais à sa marche, à son langage, à tout son air, pour un être vivant jeté sur le monde, ainsi que moi, comme pâture à la destinée; mais que cet être *soit*, ou sinon je romps avec lui. Qu'il ne veuille pas paraître ce que la muse de la politesse, dans son langage faussement noble, a nommé un *héros.* Qu'il ne soit pas plus qu'un homme, car autrement il serait beaucoup moins; qu'il agisse selon un cœur mortel, et non selon la représentation imaginaire d'un personnage mal imaginé; car c'est alors que le poète mérite véritablement le nom *d'imitateur de fantômes* que lui donne Platon en le chassant de sa république.

C'est dans le détail du style, surtout, que vous pourrez juger la manière de l'école polie dont on s'ennuie si parfaitement aujourd'hui.—Je ne crois pas qu'un étranger puisse facilement arriver à comprendre à quel degré de faux étaient parve-

nus quelques *versificateurs pour la scène*, je ne
veux pas dire poëtes. Pour vous en donner quelques exemples entre cent mille, quand on voulait
dire des espions, on disait :

Ces mortels dont l'état gage la vigilance.

Vous sentez qu'une extrême politesse envers la
corporation des espions a pu seule donner naissance à une périphrase aussi élégante, et que tous
ceux de ces *mortels* qui, d'aventure, se trouvaient
alors dans la salle en étaient assurément reconnais-
sans. Style naturel d'ailleurs ; car ne concevez-vous
pas facilement qu'un roi, Bonaparte par exemple
au lieu de dire simplement : Fouché, vous enverrez demain cent espions au Carrousel où je
passe la revue, dise : *Seigneur, vous enverrez
cent mortels dont l'état gage la vigilance.* Voilà
qui est *noble, poli* et *harmonieux.*

Des écrivains, hommes de talent pour la plu-
part, et celui qui m'est tombé sous la main en était,
ont été aussi entraînés dans ce défaut par le désir d'at-
teindre ce qu'on nomme harmonie ; séduits par
l'exemple d'un grand maître qui ne traita que des
sujets antiques où la phrase grecque et latine était
de mise. En voulant conserver ils ont falsifié,
forcés par les progrès qui les entraînaient mal-

gré eux, à traiter des sujets modernes, ils y ont employé le langage imité de l'Antique, (et pas même antique tout-à-fait); de là est sorti ce style dont chaque mot est un anachronisme ; où des chinois, des turcs, et des sauvages de l'Amérique parlent à chaque vers de l'hyménée et de ses flambeaux.

Cette harmonie qu'on cherchait est faite, je pense, pour le poème et non pour le drame. Le poète lyrique peut psalmodier ses vers, je crois même qu'il le doit, enlevé par son inspiration. C'est à lui qu'on peut appliquer ceci :

> Les vers sont enfans de la lyre,
> Il faut les chanter non les lire.

Mais un drame ne présentera jamais aux peuples que des personnages réunis pour se parler de leurs affaires, ils doivent donc parler. Que l'on fasse pour eux ce *récitatif* simple et franc dont Molière est le plus beau modèle dans notre langue; lorsque la passion et le malheur viendront animer leur cœur, élever leurs pensées, que le vers s'élève un moment jusqu'à ces mouvemens sublimes de la passion qui semblent un *chant*, tant ils emportent nos âmes hors de nous-mêmes.

Chaque homme dans sa conversation habituelle, n'a-t-il pas ses formules favorites, ses mots
coutumiers nés de son éducation, de sa profes-
sion, de ses goûts, appris en famille, inspirés par
ses amours et ses aversions naturelles, par son
tempérament bilieux, sanguin ou nerveux; dictés
par un esprit passionné ou froid, calculateur ou
candide? n'a-t-il pas des comparaisons de prédi-
lection et tout un vocabulaire journalier auquel
un ami le reconnaîtrait, sans entendre sa voix, à
la tournure seule d'une phrase qu'on lui redirait?
Faut-il donc toujours que chaque personnage se
serve des mêmes mots, des mêmes images, que
tous les autres emploient aussi? Non, il doit être
concis ou diffus, négligé ou calculé, prodigue ou
avare d'ornemens selon son caractère, son âge,
ses penchans. Molière ne manqua jamais à donner ces touches fermes et franches qu'apprend
l'observation attentive des hommes, et Shakspeare
ne livre pas un proverbe, un juron, au hasard; —
mais ni l'un ni l'autre de ces grands hommes n'eût
pu encadrer le langage vrai dans *le vers épique* de
notre tragédie; ou s'ils avaient adopté ce vers par malheur, il leur eût fallu déguiser *le mot simple* sous le
manteau de la périphrase ou le masque du mot antique. — C'est un cercle vicieux d'où nulle puis-

sance ne les eût fait sortir. — Nous en avons un exemple irrécusable. L'auteur d'Esther qui est la source la plus pure du style dramatique-épique, eut à écrire en 1672 une tragédie dont l'action était de 1638 ; il sentit que les noms modernes de l'Orient ne pouvaient entrer dans son alexandrin harmonieusement tourné à l'antique; que fit-il? il prit son parti avec un sens admirablement juste, et ne concevant pas la possibilité de changer le vers, dans ce qu'il nomme *poème*-dramatique, il changea le vocabulaire entier de ses turcs, et se jeta dans je ne sais quelle vague antiquité, Bagdad devint Babylone, Stamboul n'osa même pas être Constantinople et fut Bysance, et le nom du *schah Abbas*, qui assiégeait Bagdad alors, disparut devant ceux d'Osmin et d'Osman. Cela devait être.

Il y a plus. Après vous avoir donné tout-à-l'heure un exemple des ridicules erreurs où ses imitateurs furent entraînés ; je vais défendre celui qui la commit. Je pense qu'il lui était impossible de dire un mot rude et vrai, avec le style qu'il avait employé, ce mot eût fait là l'effet d'un jurement dans la bouche d'une jeune fille qui chante une romance plaintive. Il ne l'aurait pu dire qu'en commençant à faire entendre *l'expression simple* dès le premier vers. Mais lorsqu'on a dit pendant cinq actes : *reine* au lieu de *votre majesté*, *hymen* pour *mariage*, *immoler* en place d'*assassiner*, et mille autres gentillesses pareilles, comment proférer un mot tel qu'*espion*, il faut bien dire un *mortel* et je ne sais quoi de long et de doux à la suite.

L'auteur d'Athalie, le sentit si bien, que, dans *les Plaideurs*, il rompit à tout propos le vers en faveur du *mot vrai*, *moderne*, presque toujours trop long pour son cadre, et impossible à raccourcir. Le nom antique n'était pas comme le nom moderne précédé d'un autre nom ou d'une qualification qui tient à lui, comme les plumes à l'oiseau; jamais un page n'annoncera avec un seul vers alexandrin, *madame la duchesse de Montmorency*, et s'il annonce *Montmorency*, on le chassera très-certainement. Le poëte d'Esther dit en pareil cas,

> Madame la *comtesse*
> De *Pimbesche*.

De même dans des locutions familières qu'il ne veut pas interrompre ni contourner, ce qui serait les défigurer, il dit :

> Puis donc qu'on nous permet de *prendre*
> *Haleine*, et que l'on nous défend de nous étendre.

N'en doutez pas si un écrivain aussi parfait eût été forcé de mettre sur la scène tragique un sujet tout moderne, il eût employé le *mot simple* et eût rompu le balancement régulier et monotone du vers alexandrin, par l'enjambement d'un vers sur l'autre; il eût dédaigné l'hémistiche et, peut-être même (ce que nous n'osons pas), réintégré l'hiatus comme Molière, lorsqu'il dit : *Voici d'abord le cerf* DONNÉ AUX *chiens;* ou abrégé une syllabe comme ici : *je me trouve en un fort à l'écart, à la* QUEUE DE *nos chiens, moi seul avec Drécar.*

Je regrette fort, mon ami, que la fantaisie ne lui en ait pas pris vers 1670, il m'eût épargné bien des attaques obscures, signées ou non signées, (anonymes dans les deux cas). Il eût évité d'incroyables travaux aux pauvres poètes qui l'ont suivi.

Croiriez-vous par exemple, vous Anglais! vous qui savez quels mots se disent dans les tragédies de Shakspeare, que la muse tragique française ou Melpomène a été 98 ans avant de se décider à dire tout haut : *un mouchoir*, elle qui disait *chien* et *éponge*, très-franchement. Voici les degrés par lesquels elle a passé avec une pruderie et un embarras assez plaisans.

Dans l'an de l'Hégire 1147 qui correspond à l'an

du Christ 1732, Melpomène, lors de l'*hyménée* d'une
vertueuse dame turque qui ne se nommait pas Zahra
et qui avait un air de famille avec Desdemona, eut
besoin de son mouchoir, et n'osant jamais le tirer
de sa poche à paniers, prit un billet à la place.
En 1792, Melpomène eut encore besoin de ce
même mouchoir pour l'*hyménée* d'une citoyenne
qui se disait Vénitienne et cousine de Desdemona,
ayant d'ailleurs une syllabe de son nom, la syllabe
mo, car elle se nommait Hedelmone, nom qui
rime commodément, (je ne dirai pas à aumône et
anémone, ce serait exact et difficile,) mais à soupçonne, donne, ordonne, etc. Cette fois donc, il y
a de cela trente-sept ans, Melpomène fut sur le
point de prendre ce mouchoir, mais soit que, au
temps du directoire exécutif, il fût trop hardi de
paraître avec un mouchoir, soit au contraire qu'il
fallût plus de luxe, elle ne s'y prit pas à deux fois,
et mit un bandeau de diamans qu'elle voulut garder, même au lit, de crainte d'être vue en négligé.
En 1820 la tragédie française, ayant renoncé franchement à son sobriquet de Melpomène, et tra-
duisant de l'allemand, eut encore affaire d'un
mouchoir pour le testament d'une reine d'Écosse ;
ma foi, elle s'enhardit, prit le mouchoir, *lui-même!*
dans sa main, en pleine assemblée, fronça le sour-

cil, et l'appela hautement et bravement *tissu* et *don*, c'était un grand pas.

Enfin en 1829, grâce à Shakspeare, elle a dit le grand mot, à l'épouvante et évanouissement des faibles qui jetèrent ce jour-là des cris longs et douloureux, mais à la satisfaction du public qui, en grande majorité, a coutume de nommer un mouchoir *mouchoir*. Le mot a fait son entrée ; ridicule triomphe ! Nous faudra-t-il toujours un siècle par mot vrai introduit sur la scène ?

Enfin, on rit de cette pruderie. — Dieu soit loué ! le poète pourra suivre son inspiration aussi librement que dans la prose, et parcourir sans obstacle l'échelle entière de ses idées sans craindre de sentir les degrés manquer sous lui. Nous ne sommes pas assez heureux pour mêler dans la même scène la prose aux vers blancs et aux vers rimés ; vous avez en Angleterre ces trois octaves à parcourir et elles ont entre elles une harmonie qui ne peut s'établir en français. Il fallait pour les traduire détendre le vers Alexandrin jusqu'à la négligence la plus familière (le récitatif), puis le remonter jusqu'au lyrisme le plus haut, (le chant) c'est ce que j'ai tenté. La prose lorsqu'elle traduit les passages épiques a un défaut bien grand, et visible surtout sur la scène, c'est de paraître tout-à-coup boursoufflée, guindée et mélodramatique, tandis que le vers plus élastique, se ploie à toutes les formes, lorsqu'il vole on ne s'en étonne pas, car lorsqu'il *marche, on sent qu'il a des ailes.*

Vous êtes un peu plus jeune que moi et beaucoup plus timide. — N'ayez pas de ce que vous appelez mon nom, plus de soins que je n'en ai moi-même. Je ne suis point honteux d'avoir traduit une fois en passant, quoique j'aie souffert un peu de la gêne que je m'imposais; après tout, que l'œuvre reste et c'est un diamant de plus au trésor français, diamant brut si l'on veut, il a son prix. Ne nous donnât-il qu'un portrait d'Yago; cet Yago que l'on avait ôté d'entre Othello et Desdemona. Autant eût valu retrancher le serpent de la Genèse.

Notre époque est une époque de renaissance et de réhabilitation tout-à-la-fois; je ne dirai jamais cependant que la loi nouvelle doive être impérissable, elle passera avec nous, peut-être avant nous, et sera remplacée par une meilleure; il doit suffire à un nom d'homme de marquer un degré du progrès. Plus la civilisation avance et plus l'on doit se résigner à voir les idées que l'on sème, comme un grain fécond, s'élever, mûrir, jaunir et tomber promptement, pour faire place à une moisson nouvelle, plus forte et plus abondante, sous les yeux même du premier cultivateur. Ce désintéressement philosophique a manqué malheureusement à beaucoup des hommes qui nous restent des deux générations qui précèdent la nôtre, comme pour réaliser le mot infâme d'un écrivain de leur siècle, ils ont voulu voir *dans leurs fils, leurs ennemis, et dans leurs petits-fils, les ennemis de leurs fils;* à ce titre du moins nous aurions eu droit à leur tendresse; mais non, pas même cela; ces vieux enfans se sont irrités de voir sur de jeunes fronts la gravité qu'eux-mêmes devraient avoir; ils ont cherché à comprimer les mâles rejetons qui les remplacent, les uns ont voulu les étouffer sous le plâtre des derniers siècles, les autres les faucher avec le sabre de l'empire; peine inutile, la pépinière a grandi, la forêt pousse de tous côtés des arbres de toute forme, dont les branches noueuses, les jets vigoureux, les larges feuilles ensevelissent dans l'ombre quelques troncs rachitiques et mourans, qui auraient pu vivre encore, s'ils s'étaient appuyés, au lieu de s'isoler.

Qu'est-il arrivé? les jeunes gens se sont levés contre leurs devanciers injustes, ils ont compté

les cheveux blancs des vieillards et, dans leur impatience, ils ont dressé des tables mortuaires pour
se consoler mutuellement par une espérance im-
pie. J'ai gémi de cette cruauté, mais pourquoi
les avoir persécutés ? étaient-ils responsables de
cette loi qui les pousse en avant avec le genre
humain tout entier ?

Loin de détruire les grandes réputations, je dis
que l'on doit savoir gré à chacun *de son œuvre,
selon son temps*; la meilleure preuve que j'en
puisse donner est ce travail ingrat que j'ai fait,
nouvel hommage à une ancienne gloire non eu-
ropéenne mais universelle, car dans le même temps
où l'on jouait le More de Venise à Paris, il se jouait
à Londres, à Vienne et aux États-Unis. Lorsqu'on
a fait *fausse route*, il faut bien revenir sur ses pas
pour se remettre en bon chemin. Il n'existait sur
la scène tragique d'autre vers que le vers *poli*,
et sujet aux anachronismes dont je vous ai parlé.
Il m'a donc fallu reprendre dans notre arsenal
l'arme rouillée des anciens poètes français, pour
armer dignement l'ancien Shakspeare. Corneille,
l'immortel Corneille avait donné au Cid cette véritable épée moderne d'Othello, *dont la lame Espagnole est dans l'Èbre trempée. Ebro's temper!*
pourquoi ne s'en est-il servi qu'un jour!

Je n'ai rien fait cette fois qu'une œuvre de
forme. Il fallait refaire l'instrument (le style), et
l'essayer en public avant de jouer un air de son
invention. Si j'avais connu une histoire plus ra-
contée, plus lue, plus représentée, plus chantée,
plus dansée, plus coupée, plus enjolivée, plus
gâtée que celle du *More de Venise*, je l'aurais choi-
sie précisément pour que l'attention se portât sans
distraction sur un seul point, l'*exécution*.

Vous, Mylord, gardez-vous de lire ma traduction, vous la trouveriez aussi imparfaite que je le
fais moi-même. Car j'ai encore cette vérité à vous
dire, qu'il n'y a pas au monde une seule bonne
traduction pour celui qui sait la langue originale,
si ce mot est entendu comme reproduction du
modèle, comme translation littérale de chaque
mot, chaque vers, chaque phrase, en mots, vers,
phrases d'une autre langue. Toute traduction est
faite pour ceux qui n'entendent pas la langue mère et
n'est faite que pour eux, c'est ce que la critique perd
de vue trop souvent. Si le traducteur n'était inter-
prète, il serait inutile. Une traduction ne peut qu'être
à l'original ce qu'est le portrait à la nature vi-
vante. Et quel jeune homme pouvant regarder sa
maîtresse daignerait jeter les yeux sur son image?
mais dans l'absence ou la mort l'image satisfait.

C'est ici même chose. En vain on répète le même chant dans sa langue, c'est un autre instrument, il a donc un autre son et un autre toucher, d'autres modulations, d'autres accords, dont il faut se servir pour rendre l'harmonie étrangère et la naturaliser, mais une chose y manque toujours, l'union intime de la pensée d'un homme avec sa langue maternelle.

J'ai donc cherché à rendre l'esprit, non la lettre. Cela n'a pas été compris par tout le monde, je l'avais prévu; pour les uns, ceux qui ignorent l'anglais, j'ai été trop littéral, pour les autres, ceux qui le savent, je ne l'ai pas été assez. Ainsi ce bronze fait à l'image de la grande statue d'Othello, vient d'être pressé, battu, tordu par la critique entre l'enclume anglaise et le marteau français. Sous la forme d'un livre, le *More* va sans doute être encore attaqué. Mais : *Parve sine me, liber, ibis in urbem.* Je ne le saurai guères plus que vous. De loin en loin on me raconte qu'un pamphlétaire a griffonné, qu'un bouffon a chanté, qu'un censeur incurable a péroré contre moi. Je ne m'en occupe pas autrement, et je ne sais ni ce qu'ils font, ni ce qu'ils sont.

Je n'ai fait là que vous présenter une vue de cette tentative littéraire. Le système entier sera mieux expliqué par des œuvres que par des théories. En poésie, en philosophie, en action, qu'est-ce que système, que manière, que genre, que ton, que style? ces questions ne sont résolues que par un mot, et toujours ce mot est un nom d'homme. La tête de chacun est un moule où se modèle toute une masse d'idées. Cette tête une fois cassée par la mort, ne cherchez plus à recomposer un ensemble pareil. Il est détruit pour toujours.

Un imitateur de Shakspeare serait aussi faux dans notre temps que le sont les imitateurs de l'auteur d'Athalie.

Encore une fois nous marchons, et quoique Shakspeare ait atteint le plus haut degré peut-être où puisse parvenir la tragédie moderne il l'a atteint selon son temps; ce qui est poésie et observation de moraliste est aussi beau en lui, que jamais il l'eût été, parce que l'inspiration ne fait pas de progrès, et que la nature des individus ne change pas; mais ce qui est philosophie divine ou humaine doit correspondre au besoin de la société où vit le poète; or, les sociétés avancent.

Aujourd'hui le mouvement est tellement rapide, qu'un homme de trente ans a vu deux siècles contraires de dix ans chacun, l'un tout en action ex-

térieure, guerroyant, conquérant, rude, fort et glo-
rieux; mais sans vie, et comme glacé à l'intérieur,
presque sans progrès de poésie, de philosophie et
d'arts, ou n'y laissant apercevoir qu'un mouvement
de transition; l'autre, immobile et languissant au
dehors, mesquin et indécis en action, sans vouloir,
sans éclat dans ses faits; mais agité, dévoré inté-
rieurement par un prodigieux travail intellectuel,
une fermentation presque sans exemple dans l'histoire, et portant en lui comme une fournaise ardente où se refondent, s'élaborent, se coulent, et
se coordonnent toutes les pensées, dans toutes leurs
formes, tous leurs moules et tous leurs ordres divers; le premier tout semblable à un corps; le second à un esprit. Comment de ce double spectacle
ne sortirait-il pas comme une race d'idées toute
nouvelle? qui peut s'étonner de tout ce qui se fait,
à moins d'avoir, comme Jérusalem, *des yeux pour
ne point voir?* Pour n'appliquer ceci qu'à l'art
dramatique, je pense donc, qu'à l'avenir cet art sera
plus difficile que jamais pour la France, précisément
parce qu'il est affranchi des plus pesantes règles.
C'était autrefois une sorte de mérite que d'avoir
produit quelque chose malgré elles, et les avoir sui-
vies, pouvait faire une réputation. Mais à présent ce
sera d'un autre point de vue que l'on considèrera

la tragédie inventée, il lui faudra d'autant plus de beautés naturelles qu'elle aura moins de grâces de convention. C'est par la même raison qu'un cheval faible et ruiné peut avoir au manège une souplesse fort élégante, sous les selles de velours, les cocardes, les nœuds, les bridons dorés, et les tresses des écuyers; il exécute des voltes et des demi-voltes savantes, il fait des soubresauts qui lui donnent un air de force, et il prend un galop mesuré qui singe la vitesse; mais lancez-le nud et au grand air dans une plaine d'Alsace ou de Pologne, et jugez-le à côté d'un étalon sauvage et vous verrez ce qu'il saura faire.

La liberté, donnant tout à la fois, multiplie à l'infini les difficultés du choix et ôte tous les points d'appui. C'est peut-être pour ce motif que l'Angleterre depuis Shakspeare compte un très-petit nombre de *tragédies* et pas un *théâtre*, digne du système de ce grand homme, * tandis que nous

---

* La seule chose dont je ressente quelque orgueil dans cette entreprise est d'avoir fait entendre sur la scène le nom du *grand Shakspeare*, et donné ainsi occasion à un public français de montrer hautement qu'il sait bien que les langues ne sont que des instrumens, que les idées sont universelles, que le génie appartient à l'humanité entière, et que sa gloire doit avoir pour théâtre le monde entier.

comptons une quantité d'écrivains du second ordre qui ont donné leur *théâtre*, collection très-supportable dans le système racinien.

J'ai appuyé sur cette remarque, parce que je prévois que lorsque les exemples viendront, la critique s'armera d'eux et de leur sort à la représentation, pour combattre la règle et le système entier; sans savoir gré des nouvelles difficultés et de l'échelle bien plus grande sur laquelle on mesurera les œuvres futures. En effet, il ne faudra pas moins qu'ajouter à tout ce que Shakspeare eut de poésie et d'observation, le résumé ou les sommités de ce que notre temps a de philosophie, et de ce que notre société a de sciences acquises. Les tentatives seront nombreuses et hardies, et tout en sera honorable; la chute sera sans honte, parce que, dans ce monde nouveau, l'auteur et le public ont leur éducation à faire ensemble et l'un par l'autre. — J'espère qu'après tout ce que je viens de vous dire, vous ne me répéterez plus le reproche que vous faisiez à moi et à mes amis, dans votre dernière lettre, d'un zèle d'innovation trop ardent.

Vous vous rappelez cette grande et vieille horloge que je vous fis remarquer souvent? Eh! bien, que ce souvenir me serve à vous expliquer ma pensée;

elle est pour moi la fidèle image de l'état des sociétés en tout temps.

Son grand cadran dont les chiffres romains sont pareils à des colonnes, est éternellement parcouru par trois aiguilles. L'une, bien grosse, bien large, bien forte, dont la tête ressemble à un fer de lance, et le corps à un faisceau d'armes, s'avance si lentement que l'on pourrait nier son mouvement; l'œil le plus sûr, le plus fixe, le plus persévérant ne peut saisir, en elle, le moindre symptôme de mobilité, on la croirait scellée, vissée, incrustée à sa place pour l'éternité, et pourtant au bout d'une grande heure elle aura décrit la douzième partie du cadran. Cette aiguille ne vous représente-t-elle pas la foule des peuples dont l'avancement s'accomplit sans secousse et par un entraînement continuel, mais imperceptible?

L'autre aiguille plus déliée, marche assez vite pour qu'avec une médiocre attention, on puisse saisir son mouvement; celle-ci fait en cinq minutes le chemin que fait la première en une heure, et donne la proportion exacte des pas que fait la masse des gens éclairés au-delà de la foule qui les suit.

Mais au-dessus de ces deux aiguilles, il s'en

trouve une bien autrement agile et dont l'œil suit difficilement les bonds, elle a vu soixante fois l'espace, avant que la seconde y marche et que la troisième s'y traîne.

Jamais, non, jamais je n'ai considéré cette aiguille des secondes, cette flèche si vive, si inquiète, si hardie et si émue à la fois, qui s'élance en avant et frémit comme du sentiment de son audace ou du plaisir de sa conquête sur le temps; jamais je ne l'ai considérée sans penser que le poète a toujours eu et doit avoir cette marche prompte au-devant des siècles et au-delà de l'esprit général de sa nation, au-delà même de sa partie la plus éclairée.

Et ce balancier pesant qui les régit par un mouvement invariable, ne verrions-nous pas en lui, si nous suivions cette idée, un symbole parfait de cette inflexible *loi du progrès* dont la marche emporte sans cesse avec elle les trois degrés de l'esprit humain qui lui sont indifférens, et ne servent, après tout, qu'à marquer successivement ses pas vers un but, hélas! inconnu?

LE

MORE DE VENISE,

OTHELLO.

PERSONNAGES.

LE DOGE DE VENISE.

BRABANTIO, sénateur, père de Desdemona.

OTHELLO, le More.

CASSIO, son lieutenant.

YAGO, son enseigne.

LODOVICO, parent de Brabantio, envoyé du Sénat.

RODRIGO, jeune gentilhomme Vénitien.

MONTANO, gouverneur de Chypre pour Venise avant l'arrivée d'Othello.

DESDEMONA, fille de Brabantio, femme d'Othello.

ÉMILIA, femme d'Yago, suivante de Desdemona.

UN HÉRAUT.

SÉNATEURS.

OFFICIERS de Venise et de Chypre.

Matelots, soldats de Venise; femmes de la suite de Desdemona, peuple de Venise et de Chypre.

LE
MORE DE VENISE.

ACTE PREMIER.

SCÈNE PREMIÈRE.

(Venise.)

{La scène représente au fond le Rialto, à gauche le balcon du palais de Brabantio, à droite, en face, l'hôtel du *Sagittaire*, auberge de Venise.)

RODRIGO, YAGO, couverts de leurs manteaux à la vénitienne.

RODRIGO.

Ne m'en parlez jamais. — Je trouve surprenant *
Qu'après notre amitié vous veniez maintenant

---

* Je n'ai pas hésité à rétablir cette scène que j'ai vue maladroitement supprimée en partie par les acteurs anglais (du second ordre, il est vrai). Elle est d'une absolue nécessité, puisqu'elle donne la clef des deux motifs de haine d'Yago. J'ai rencontré quelques personnes qui les trouvaient trop légers pour provoquer de telles vengeances. Elles oubliaient qu'Yago est le type du *méchant*, et qu'il ne le serait plus s'il n'avait fait beaucoup de mal qu'en retour d'un mal aussi grand. Il est indispensable que cette scène soit conservée entière, et je ne cesserai de m'élever contre la détestable coutume des coupures. Rien n'est inutile dans une œuvre sortie d'une tête bien faite.

I

Montrer de tout cela si grande connaissance :
Comment! de leur amour vous saviez la naissance,
Tandis que, chaque jour, vous acceptiez mes dons,
Et de ma bourse enfin teniez les deux cordons?

YAGO.

Eh! pardieu! tâchez donc d'écouter, pour entendre!
Si jamais j'accusai le More d'être tendre,
Maudissez-moi.

RODRIGO.

J'ai cru que vous le détestiez.

YAGO.

C'est vrai. — N'en croyez pas mes feintes amitiés.
Je n'oublîrai jamais son injure; elle est telle,
Que j'en garde en mon âme une haine mortelle.
J'ai vu trois sénateurs en vain le supplier
Pour mon avancement, sans le faire plier,
Toujours dans son orgueil ferme comme une roche.
Je puis dire pourtant, sans craindre de reproche,
Qu'être fait lieutenant n'était pas trop pour moi;
Et je ne me sens pas au-dessous de l'emploi.
Mais il a répondu par des phrases fardées,
De termes de bataille horriblement bardées;

Bref, il a repoussé mes trois sots protecteurs
Avec tous ses propos stériles et flatteurs.
J'ai choisi, disait-il; et quel était son homme?
Le Florentin Cassio, qu'à Venise on renomme
Pour un galant musqué, mais qui ne saurait pas
Manœuvrer l'escadron pendant cinquante pas;
Habile à discuter en paix la théorie,
Mais inutile en guerre à servir la patrie;
Voilà le choix du More. Et moi qui, sous ses yeux,
Combattis ou dans Rhode, ou dans Chypre, en cent lieux
Ottomans ou Chrétiens, en Europe, en Afrique,
Partout où l'envoya la noble république,
Je me vois rejeté dans le honteux honneur
D'enseigne, pour servir le moresque seigneur.

RODRIGO.

Ma foi, je quitterais l'armée à votre place.

YAGO.

Ne disons rien, plus tard je briserai la glace.
Je veux servir encor, non pour lui, mais pour moi.
Maître ou valet, chacun naît classé malgré soi.
Mais dans ce monde il est deux espèces d'esclaves :
Les uns rampans, soumis, amans de leurs entraves,

(1)

Usent leur corps, leur âme et leur temps tour-à-tour,
Humblement satisfaits du pain de chaque jour.
Aussi, quand ils sont vieux, par une main auguste,
Ils sont chassés. Fouettez ces gens-là. C'est bien juste.
Mais d'autres plus soumis, en apparence encor,
Dérobent à leur maître et le pouvoir et l'or,
Et sous ses pieds, creusant leur lente et sourde mine,
Pour s'élever plus haut montent sur sa ruine :
Ceux-là seuls ont de l'âme, et je suis de ceux-là.

RODRIGO.

Elle a pu l'écouter ! — Un More ! qui parla
Avec sa lèvre épaisse, en lui faisant la moue.
—Goût dépravé !

YAGO.

Tandis que de vous on se joue !
C'est bien mal ! — Mais il faut pour nous venger tous deux
Faire persécuter ce séducteur hideux;
Empoisonnons sa joie; éveillons la famille
Du bon vieux sénateur à qui l'on prend la fille;
Troublons le premier soir de ce More adoré,
Et que tout son bonheur en soit décoloré.

RODRIGO.

C'est bon. — Je crîrai tant, que la ville accourue
Croira trouver le feu brûlant dans chaque rue.

YAGO, montrant un balcon.

Son père dort là-haut.

RODRIGO.

Tant mieux. — Au feu! seigneur!
Très-noble Brabantio! — Levez-vous! — Au voleur!
A votre coffre-fort!

YAGO.

Aux verroux! à la grille!

RODRIGO.

On a pris votre argent!

YAGO.

On a pris votre fille!

BRABANTIO, à la fenêtre.

Eh bien! qu'arrive-t-il!

RODRIGO.

Comptez bien, s'il vous plaît,
Tout votre monde est-il chez vous au grand complet?

YAGO.

Et votre porte, hier, l'a-t-on barricadée?

RODRIGO.

Est-ce par le balcon qu'elle s'est évadée?

BRABANTIO.

Qui ?

RODRIGO.

Je le vis hier qui rodait à l'entour ?

YAGO.

La colombe est en proie au vieux et noir vautour.

RODRIGO.

Seigneur, faites sonner les cloches, car j'espère
Qu'avant demain matin, nous vous saurons grand-père.

YAGO.

Un cheval africain, c'est un bel animal ;
Mais en faire son gendre !

RODRIGO.

Au moins, c'est un cheval
Arabe.

BRABANTIO.

Êtes-vous fous ?

RODRIGO.

Honnête et pacifique.
Je....

BRABANTIO

Vous êtes un drôle !

YAGO.

Et vous un magnifique

Seigneur !

BRABANTIO.

Les insolens !

RODRIGO.

Seigneur, je prends sur moi
De payer le procès aux mains des gens de loi ;
S'il est vrai qu'à présent votre fille est chez elle.
Visitez la maison, sa chambre et sa ruelle,
Appelez-la partout et vous verrez.

BRABANTIO.

Mes gens !

De la lumière ! *

(Il rentre chez lui et éveille toute la maison.)

---

* Je ne pense pas que personne regrette les expressions par trop énergiques
dont se sert Yago dans cette scène, et particulièrement celles de cette phrase
qui commence par :

I am one, Sir, that comes to tell you etc.

et que je n'achève pas, par respect pour quelques femmes qui savent l'anglais.
Le grand acteur que vous regardez comme celui de l'Angleterre qui s'est élevé
le plus haut par l'étude profonde des rôles de Shakspeare, M. Yong, qui est
en possession de l'admiration de vos compatriotes, m'a dit que dans ce rôle
d'Yago, il retranchait habituellement les paroles trop libres. Son esprit

SCÈNE II.

YAGO, RODRIGO, Seuls.

YAGO.

Allons ! des soins très-exigeans
M'appellent. Vous serez lors de notre rencontre
Témoin du père, et moi je serai témoin contre;
Mais je quitte ce lieu. L'air m'en devient malsain,
Car s'il me voit ici, je manque à mon dessein.
L'heure n'est pas venue; et mon rôle est encore
De paraître en tout point créature du More.
Paraître seulement, car ma foi! je le hais
Dix fois plus que l'enfer, où peut-être je vais.
Le bonhomme à présent, ne voudra plus se taire,
Tâchez de l'attirer, là même, au Sagittaire.
J'y conduis l'amiral. Adieu.

étendu et juste, a senti que ce n'était pas dans ces mots que nous ne tolé-
rons plus dans *Molière* , que résidait le génie des grands poètes, ce n'est que
lorsque la situation les exige impérieusement qu'il les faut conserver. J'en
donnerai quelques exemples dans la suite de la tragédie.

SCÈNE III.

BRABANTIO reparaît sur la place, suivi de domestiques portant des torches.

RODRIGO.

Me voilà bien !

Il me laisse !

BRABANTIO.

Ah ! seigneur, je reste sans soutien

Dans ma vieillesse ! hélas ! l'honneur de ma famille !

(à Rodrigo.)   (à part)

Comment l'avez-vous vue ? O malheureuse fille !

(à Rodrigo.)   (à part)

C'était avec le More ? O qui voudra jamais

(à Rodrigo.)

Être père ! A qui donc se fier désormais ?

(à ses gens.)   (à Rodrigo.)

Des flambeaux. Se sont-ils mariés sans obstacle ?

En êtes-vous certain ? *

---

* Shakspeare affectionne ces propos passionnés interrompus par l'action dont on est occupé vivement. Ils sont dans la nature et se renouvellent chaque jour autour de nous ; j'ai tâché d'en conserver fidèlement le mouvement ; il n'y en avait pas d'exemple dans notre tragédie. J'en ferai remarquer plusieurs dans celle-ci. C'est encore un des avantages inappréciables de l'usage des enjambemens , à l'aide seul desquels on peut exprimer ce désordre.

RODRIGO.

Oui.

BRABANTIO.

C'est donc un miracle?
Il faut qu'il ait usé d'un philtre pour toucher
Ce cœur si fier, qu'en vain je vous vis rechercher,

(à ses gens.)

Rodrigo! Plût au ciel!... — Avertissez mon frère.
— Qu'elle vous eût choisi!— Croyez-vous nécessaire
D'emmener une escorte?

RODRIGO.

Oui. L'homme, voyez-vous,
Est puissant.

BRABANTIO.

Eh bien! donc, venez, Conduisez-nous!

SCÈNE IV.

(Même décoration.)

OTHELLO entre avec calme et gravité. Des serviteurs portent des flambeaux devant lui. YAGO le suit.

YAGO.

Quoique dans les hasards du noble état des armes,
Il m'ait fallu tuer sans en verser des larmes,

Cependant je l'avoue, un meurtre médité,

M'inspire de l'horreur et m'aurait bien coûté.

J'hésite quelquefois pour ma propre défense ;

Mais il a tellement prolongé son offense,

Que je fus bien tenté de lui piquer les flancs.

OTHELLO, avec calme.

Cela vaut mieux ainsi.

YAGO.

Les discours insolens

De ce vieux sénateur contre votre fortune

Et vous, me laisseront une longue rancune ;

J'ai, ma foi, vu l'instant où mon sang révolté

N'était plus contenu par ce peu de bonté

Que vous me connaissez. Mais, je vous en supplie,

Quelle est, dites-le moi, l'union qui vous lie ?

Est-ce un bon mariage ? il le faut, car les loix

Seraient pour le vieillard, on estime sa voix,

Et toujours au conseil d'abord on l'interroge ;

Il balance à lui seul le sénat et le Doge,

Et peut vous ruiner par ses hardis propos.

OTHELLO.

Laisse-le s'agiter pour troubler mon repos.

Mes services rendus dans mainte et mainte affaire,
Parleront bien plus haut que sa voix ne peut faire.
Un jour je publîrai dans la noble cité,
Si l'on met quelque prix à cette vanité,
Que des rois d'Orient ont fondé ma famille;
Qu'ainsi d'un sénateur je puis aimer la fille,
Sans la faire rougir de moi, car je naquis
L'égal au moins du rang que mon bras m'a conquis.
D'ailleurs pour les trésors que, dit-on, sous son onde
Au Doge son époux, garde la mer profonde;
Je n'aurais pas changé mon sort libre et sans frein,
Si ce n'était l'amour qui fond ce cœur d'airain.
Mais, vois quels sont ces feux, ces hommes sur la place.

SCÈNE V.

CASSIO et quelques officiers paraissent dans l'éloignement au milieu de plusieurs flambeaux.

YAGO.

C'est le père et les siens, retirez-vous, de grâce!

OTHELLO.

Non, il faut qu'on me trouve en public, et je doi
A l'honneur, à mon rang, de ne pas fuir la loi. —

Regarde, est-ce bien lui?

YAGO.

Par Janus, je me trompe! *
C'est Cassio qui vers nous s'avance en grande pompe.

CASSIO.

Mon général! le Doge au palais vous attend.

OTHELLO.

A quelle heure, Cassio?

CASSIO.

Général, à l'instant.
Chypre va vous donner d'importantes affaires,
Car douze messagers viennent de nos galères;
On craint d'apprendre d'eux quelque combat fatal
Et tous les conseillers sont au palais ducal.

OTHELLO.

Venez donc, mes amis, ma rencontre opportune
Seconde mon devoir. — J'en bénis la fortune.

---

* By Janus, I Think, no.

Sans affirmer que Shakspeare ait pensé à faire jurer Yago par le Dieu *au double visage*, comme l'assure Le Tourneur, je vois du moins là-dedans une grande fidélité de couleur locale que j'ai précieusement conservée; les Italiens jurent encore aujourd'hui par les dieux du paganisme : *per Baccho*, etc.

CASSIO.

Je vois des messagers qui vous cherchent aussi.

SCÈNE VI.

BRABANTIO ET RODRIGO paraissent avec des magistrats et un grand
nombre de serviteurs armés qui les éclairent.

YAGO.

C'est bien lui cette fois, général, le voici.

OTHELLO leur crie.

Arrêtez ; restez-là !

RODRIGO.

Bah ! quelques pas encore.
Si vous le permettez. Monseigneur, c'est le More.

BRABANTIO.

Tombez sur lui, le traître ! et main-forte à la loi.

(Les deux partis mettent l'épée à la main.)

YAGO.

Ah ! Rodrigo, c'est vous ? eh bien, de vous à moi !

OTHELLO.

Tout beau, messieurs, rentrez vos brillantes épées ;
Du brouillard de la nuit, elles seront trempées,
Cela peut les ternir. — Seigneur, vos cheveux blancs

Commandent mieux ici que ces moyens sanglans.

BRABANTIO.

Qu'as-tu fait de ma fille! ô ravisseur infâme?
Par quel enchantement as-tu troublé son âme?
Dis-nous quel maléfice et quel secret poison
Ont à ta destinée enchaîné sa raison?
Car j'en appelle à tous, j'appelle en témoignage
L'univers. Qui croirait qu'un pareil mariage
Eût jamais engagé le cœur de mon enfant
Si jeune et si jolie, heureuse et triomphant
De la séduction des nobles de Venise;
Qu'à moins d'un sortilége, elle se fût éprise
D'un barbare, et qu'elle eût sur son sein profané
Pressé le sein hideux d'un monstre basané?
—Moi je viens t'arrêter, comme exerçant dans l'ombre
Un art proscrit, jetant un charme impur et sombre,
Corrompant l'innocence, auteur d'un attentat
De magie, et dès-lors en horreur à l'État.

OTHELLO, calme et souriant.

Allons, je le veux bien; même je le demande
Qu'on m'arrête! où faut-il, seigneur, que je me rende?

BRABANTIO.

En prison, jusqu'au jour que les lois ont prescrit

Où l'on pourra t'en voir sortir mort ou proscrit.

OTHELLO.

Je consens de grand cœur à tout ; mais que ferai-je ?
Le Doge et le sénat m'attendent ; ce cortége
Vient à moi de leur part.

BRABANTIO.

         Un conseil dans la nuit ?
Eh bien donc, qu'à l'instant le More y soit traduit.
Le sénat doit m'entendre, et ma cause est sa cause.
Il n'est point d'attentat que tout esclave n'ose,
S'il absout ce païen !

OTHELLO.

         J'y serai le premier,
Venez-y donc, conduit par votre prisonnier.

(Yago prend le bras de Rodrigo et sort avec lui.)

SCÈNE VII[*].

La scène change. Le théâtre représente les grands appartemens du sénat de Venise , le Doge est sur son trône. Des secrétaires sont devant lui, à une table bordée de lumières, autour de laquelle les Sénateurs sont assis, plusieurs officiers se tiennent à quelque distance.)

LE DOGE, feuilletant des lettres.

Je ne vois rien de sûr dans ces grandes nouvelles.

---

* C'était la première fois que sur la scène française se faisaient des changemens à vue au milieu d'un acte de tragédie avec quelque perfection qu'ils

PREMIER SÉNATEUR, feuilletant les lettres qu'il a reçues.

Les lettres de chacun s'accordent mal entre elles;
On ne m'annonce ici que cent galères.

LE DOGE, feuilletant aussi ses lettres.

Moi,
Je lis deux cents.

SECOND SÉNATEUR.

Et nous, un immense convoi,
Que la flotte ottomane à toute voile escorte.

LE DOGE.

Chypre est le but où tend l'escadre de la Porte;
C'est évident.

UN OFFICIER.

Seigneur, encore un messager.

LE MATELOT.

Magnifiques Seigneurs, on voit se diriger
Trente voiles vers Rhode; et Montano m'envoie
Dire que Chypre aussi va devenir leur proie,
S'il n'est pas secouru.

---

aient été exécutés, j'ai regretté d'être forcé de les introduire. Quoique ce soit une liberté de plus apportée au théâtre, il est vrai de dire qu'ils refroidissent l'intérêt en ralentissant le mouvement de la scène. Je crois qu'il faut employer ce moyen avec ménagement, et le conserver pour les rares occasions où il en résulte une beauté comme celle de la mort de Juliette à Vérone, et du calme de Roméo, qui, à Mantoue, se livre à des rêves de bonheur.

LE DOGE.

        Nous y saurons pourvoir.
Qu'on cherche Marc-Luchèse, et qu'on fasse savoir
Au conseil s'il se trouve à présent à Venise.

PREMIER SÉNATEUR.

On le dit à Florence.

LE DOGE.

        Écrivez l'entreprise
De ses vieux ennemis à ce brave officier.

                     (On entend quelque rumeur aux portes.)

PREMIER SÉNATEUR.

C'est un bon général, mais voici le premier.

SCÈNE VIII.

BRABANTIO et OTHELLO entrent au sénat. CASSIO,
RODRIGO, YAGO, des officiers et une suite.

LE DOGE.

Brave Othello, les Turcs sont en armes. — Venise
Vous confira la flotte en ce moment de crise.
(à Brabantio.)
— Je ne vous voyais pas, Seigneur, asseyez-vous;
Vos conseils sont toujours nécessaires pour nous

BRABANTIO.

Et les vôtres pour moi. — Puissé-je trouver grâce
Devant votre grandeur; ni les soins de ma place,
Ni l'intérêt public ne m'ont fait fuir mon lit;
Je viens pour dénoncer un énorme délit
Commis contre moi seul; mais si dur, mais si grave,

NOTE POUR LA SCÈNE.

Othello entre le premier à gauche de la scène, suivi de Cassio et d'Yago ;
il salue le doge assis au fond de la scène et passe à droite avec Cassio. Yago
reste à gauche près de Rodrigo. Brabantio se jette sur son siège de sénateur
resté vide à gauche.

Que mon chagrin m'absorbe, et que j'en suis esclave,
Au point de dédaigner les dangers de l'état.

LE DOGE.

Qu'arrive-t-il?

BRABANTIO.

Ma fille...

LE DOGE.

Est-ce un assassinat?

BRABANTIO.

Elle est morte pour moi, ravie à moi, séduite
Par des philtres secrets; car enfin sa conduite
Ne se peut concevoir autrement.

LE DOGE.

Nous jurons
Que l'homme, quel qu'il soit, quand nous le jugerons,
Serait-il notre fils, recevra la sentence
De votre propre main, qui tiendra la balance,
Et qui désignera, sur le livre sanglant,
La plus sévère loi pour son crime insolent.

BRABANTIO, se levant.

Merci, Doge, voilà cet homme; c'est le More.

TOUS LES SÉNATEURS se levant.

Lui! le More!

BRABANTIO.

Lui-même.

LE DOGE.

Il faut le dire encore,
Nous devons le juger. (à Othello.) Nous vous estimons tous,
Général; cependant que lui répondrez-vous?

OTHELLO. (Il salue avec respect et parle avec calme.)

Très-graves, très-puissans Seigneurs, mes nobles maîtres,
Réservez la rigueur de vos lois pour les traîtres.
Moi, que j'aie enlevé la fille du vieillard,
C'est vrai.—Je vous dis là mon offense, sans fard,
Sans voile.—Il est aussi très-vrai qu'elle est ma femme;
Voilà tout.—Je suis rude, et je n'ai pas dans l'âme,
Des paroles de paix; je suis né dans les camps;
Et depuis que ces bras frappent... j'avais sept ans,
Sous la tente mes nuits se passèrent entières,
Hormis pendant le cours des neuf lunes dernières.
Aussi, dans l'univers n'ayant qu'un intérêt,
J'aurais bien peu de chose à dire qui n'eût trait
A des combats, des faits de bravoure à la guerre.—

En faisant mon récit, je ne l'ornerai guère;
Mais pourtant vous saurez par quel philtre puissant
(Comme il dit) j'ai régné sur ce cœur innocent.

BRABANTIO.

Hélas! c'est une enfant si douce et si timide,
Seigneurs, qu'un mouvement, qu'un geste trop rapide,
Que le moindre sourire à son âge échappé,
La couvre de rougeur. — Et me croire trompé?
Croire que, sans l'effort d'une puissance occulte,
Elle ait payé mes soins paternels par l'insulte?
C'est impossible!

OTHELLO.

       Eh bien, Seigneurs, permettez-nous
De la faire paraître un instant devant vous.
Son père jugera lui-même s'il s'abuse :
Je me livre à la mort si son aveu m'accuse.

LE DOGE.

Que Desdemona vienne elle-même au palais.
Que plusieurs officiers partent.

OTHELLO.

         Conduisez-les,
Yago, vous connaissez sa nouvelle demeure;

Dites-lui qu'au sénat il faut venir sur l'heure.

(Le Doge fait un geste, et des officiers vont la chercher. Yago sort avec eux après avoir fait
un signe d'intelligence à Rodrigo qui s'évade et le suit.)

En l'attendant, Seigneurs, aussi sincèrement
Que l'on confesse au Ciel un secret sentiment,
Je vais vous exposer comment la jeune femme
A reçu mon amour et m'a livré son âme.

LE DOGE.

Parlez. —

OTHELLO.

Son père alors m'aimait, et très-souvent
M'invitait; nous parlions de ma vie, en suivant
Par année et par jour, les siéges, les batailles,
Les désastres sur mer, les vastes funérailles
Où je m'étais trouvé; je parcourais les temps
De mes plus grands périls, et ces rudes instans
Où la mort en passant nous effleure la tête;
Je lui disais comment je devins la conquête
D'un barbare ennemi, comment je fus vendu,
Racheté, voyageur dans un pays perdu;
Je disais le caprice et la fureur des ondes,
Les détours souterrains des cavernes profondes,
Et l'ennui du désert, et l'orgueil de ces monts

Qui suspendent au ciel les neiges de leurs fronts ; *

Cannibales, Indiens, dangers, science ou gloire,

Il le voulut, ainsi je contai mon histoire.

Parfois Desdemona, d'un air triste et touché,

Venait entre nous deux, s'asseoir, le front penché,

Quittait l'appartement pour un ordre, une affaire,

Et puis elle rentrait et restait sans rien faire,

Et d'une oreille avide écoutait mes propos.

Je l'avais remarqué. Dans un jour de repos,

Elle se trouvait seule et me fit la prière

De lui redire encor l'histoire toute entière.

Je voyais en parlant des larmes dans ses yeux,

Et lorsque je me tus, les élevant aux cieux,

Elle rougit, et dit : que ce voyage étrange

Était touchant ! et puis ajouta : qu'en échange

D'un tel récit, son cœur donnerait de l'amour

Si quelqu'un en faisait un pareil quelque jour.

Je pus à cet aveu parler sans crime extrême.

Pour mes périls passés elle m'aima; de même,

Je l'aimai quand je vis qu'elle en avait pitié. **

---

    * On venait de découvrir alors le Nouveau-Monde.

     ** She lov'd me for the dangers I had pass'd

      And I lov'd her, that she did pity them.

J'ai tâché de conserver à ce récit le caractère de grandeur et de simplicité

A toute ma magie on est initié.

Seigneurs, consultez-la, je la vois qui s'avance.

SCÈNE IX.

DESDEMONA entre vêtue de blanc et voilée à demi. YAGO l'accompagne suivi des officiers du sénat.

LE DOGE, à Brabantio.

Je l'avoue, et l'aveu peut-être vous offense,
Je crois qu'à ce discours si digne d'intérêt,
Sans m'irriter ma fille aussi s'attendrirait.

BRABANTIO.

Écoutez-la parler, je vous prie, elle-même;
Et si sa voix confesse au sénat qu'elle l'aime,

---

si touchant dans l'original; et là, où se trouve le *chant*, selon mon système, j'ai cherché à être aussi littéral que possible ; quelquefois, comme le verront ceux qui savent également bien les deux langues, j'ai réussi à mettre le mot sous le mot. Car, en les cherchant avec soin, on trouve d'étonnantes et fraternelles analogies entre la langue anglaise et la nôtre, qui fut entée par Guillaume-le-Conquérant sur le vieux saxon. Le vieil anglais conserve l'*e* muet du français dans une foule de mots, et la première édition de Shakspeare, sur laquelle j'ai fait ce travail, est remplie d'expressions de notre ancien langage; en les remettant en usage on pourrait, *en prose*, traduire l'ancien anglais mot à mot. Il y aurait encore là-dessus tout un système à construire; et quoique ce soit ma manie ordinaire, je m'en abstiendrai cette fois.

Plus de reproche ensuite à l'homme, sur ma foi
Je renonce à ma plainte.

A sa fille.

Approchez; dites-moi
Lequel de nous a droit à votre obéissance ?

DESDEMONA.

Je vois ici, mon père, une double puissance;
Mon éducation et ma vie ont été
Votre bien jusqu'ici, mais à la vérité,
Je n'avais d'autre nom encor que votre fille :
Je suis femme à présent, et dans votre famille
J'amène mon mari. Vous le voyez. Autant
Ma mère vous montra jadis de dévoûment,
Autant j'en dois au More, à mon seigneur et maître.

BRABANTIO.

Que Dieu soit avec vous! J'ai fini. Donnez l'être
A de pareils enfans. Mieux vaut les adopter!
More, approche. Je vais, non sans la regretter,
Te donner celle-ci, que, de toute mon âme
J'aurais voulu sauver et ne pas voir ta femme.
Heureux de rester seul.

A sa fille.

Je sens trop tard le prix

Des rigueurs, ton départ me l'a trop bien appris!
Aux affaires d'État, seigneur !...

LE DOGE.

C'est une injure
Qui peut se pardonner.

BRABANTIO, s'assied en grommelant.

Seigneur, je vous conjure,
Aux affaires d'État. Verriez-vous d'un bon œil
Le Turc vous prendre Chypre? Hélas! un noble orgueil
Souffre d'un froid avis donné dans la misère;
Les conseils ne sont pas moins pesans pour un père
Que ne l'est sa douleur. Les consolations,
Les maximes qu'on jette à nos afflictions,
Appareil à tout mal, baume à toute blessure,
N'ont jamais du chagrin adouci la morsure;
Que le cœur brisé saigne et guérisse en repos,
Et non par des discours, mots nuls, vides propos!
Aux affaires d'État!

LE DOGE.

Une importante place
Peut nous être enlevée et le Turc la menace;
C'est ce qui nous occupe. Othello, vous savez

Que Chypre a dès remparts faibles, mal préservés,
Sans vaisseaux. A l'armer que tout votre art s'applique.
L'île a de bons chefs, mais l'opinion publique,
Souveraine maîtresse en ces événemens,
Vous a nommé d'après nos communs sentimens.

OTHELLO.

Magnifiques seigneurs, depuis longues années,
L'habitude qui peut tout sur nos destinées,
M'a fait trouver partout, dans les camps et sur mer,
Un sommeil de soldat, aussi dur que le fer.
A votre ordre je sens l'ardeur de ma jeunesse.
Renaissent les travaux! Que le péril renaisse!
J'entreprends votre guerre et ne demande rien
Qu'un sort digne du rang de ma femme et du mien.

LE DOGE.

Elle peut, s'il vous plaît, demeurer chez son père.

BRABANTIO.

Je ne veux pas.

OTHELLO.

Ni moi.

DESDEMONA.

Ni moi, Seigneur. J'espère

Obtenir de vous tous la faveur de choisir.

Je ne goûterais pas le pénible loisir

D'habiter chez mon père et dans une demeure

Où d'amers souvenirs renaîtraient à toute heure.

Les orages du sort que j'ai couru chercher

Ont bien assez prouvé qu'Othello m'était cher.

Mais qu'ai-je aimé dans lui? sa grandeur valeureuse

Sa gloire; aussi, Seigneurs, je serai moins heureuse

Si l'on doit me ravir l'aspect victorieux

Des honneurs dont l'éclat est l'amour de mes yeux;

Etant vouée à lui, je le suis à la guerre;

Je me sens courageuse autant qu'il me rend fière,

Et rester, c'est languir dans un pesant ennui;

Seigneurs, permettez-moi, de partir avec lui.

OTHELLO.

Allez aux voix, Seigneurs, sur sa simple demande

Je viens m'y joindre afin que le sénat s'y rende;

Non dans un intérêt d'amour, mais pour montrer

Que dans tous ses désirs, son mari veut entrer.

Je n'en suis pas moins tout aux ordres de Venise.

LE DOGE.

Elle vous charge seul d'une vaste entreprise;

Que Desdemona reste ou s'embarque avec vous,
Décidez-le et partez; il est urgent pour nous
Que ce soit cette nuit.

DESDEMONA.

Cette nuit?

LE DOGE.

Oui.

OTHELLO.

N'importe!—
Que votre volonté sur notre amour l'emporte,
Je pars. Un officier plein d'honneur et de foi,
Yago l'amènera quelques jours après moi.

LE DOGE

Je suis content. à Brabantio.

Pour vous, seigneur, veuillez m'entendre,
Vous pouvez, sans faiblesse, à tant d'amour vous rendre,
Car si la vertu seule est belle, en vérité
Rien n'est à votre fils comparable en beauté.

(Il se lève pour sortir avec le sénat.)

BRABANTIO.

More, veille sur elle, avec un œil sévère,
Elle te peut tromper, ayant trompé son père.

(Il sort avec tous les sénateurs.)

OTHELLO.

J'engagerais ma vie à l'instant sur sa foi.

(à Desdemona.)

Viens, je n'ai plus qu'une heure à passer avec toi.

SCÈNE X.

RODRIGO ET YAGO restent seuls.

RODRIGO.

Yago!

YAGO.

Quoi!

RODRIGO.

Savez-vous le coup que je médite?

YAGO.

D'aller au lit dormir?

RODRIGO.

Mon âme soit maudite,
Si je ne vais demain me noyer?

YAGO.

Croyez-moi :

Vous serez moins aimable ensuite; mais pourquoi
Vous noyer?

RODRIGO.

    C'est que vivre est une maladie,
Dont le seul médecin est une main hardie.

YAGO.

O lâche! Sur ce monde et sous ces larges cieux,
Depuis cinq fois sept ans je promène mes yeux,
Et je n'ai pas encor résolu ce problème
De trouver un mortel qui sût s'aimer soi-même.
Si jamais une femme a causé mon trépas,
J'approuve de grand cœur qu'on ne m'enterre pas.

RODRIGO.

Que faire! je rougis d'être épris de la sorte;
Mais j'ai beau l'exciter, ma vertu n'est pas forte.

YAGO.

La vertu! mot oiseux. C'est de soi qu'on dépend,
Comme un sillon du grain que la main y répand.
Nous récoltons ainsi l'orge pure et l'ivraie.
Écoutez, Rodrigo, ma morale est la vraie.
Ce que vous appelez amour n'existe pas;
C'est un bouillonnement du sang impur et bas

Qui nous emporterait jusques à la démence,
Sans la volonté. — Là, notre règne commence.
Soyons hommes. — Devant une femme ployer !
S'arracher les cheveux et pleurer ! se noyer !
Ce sont de jeunes chats aveugles que l'on noie.
Mais vous ! levez la tête ; allons, que je vous voie
Agir en gentilhomme. Emportez de l'argent,
Embarquez-vous ; un tems de guerre est exigeant,
Je le répète encore : de l'argent dans la bourse,
Avant peu vous verrez se tarir dans sa source
Leur grande passion. Un violent début
Se ralentit ; bientôt vous atteindrez le but.
Mais de l'argent. — L'amour d'un More est très-frivole
Et sa flamme brûlante au bout d'un mois s'envole.
Pour sa femme, elle est jeune ; elle devra changer,
Elle le doit. Un fou peut donc seul s'affliger.
Vous voulez vous damner ? du moins allez au diable
Plus gaîment que par eau. L'enfer est supportable,
Quand on a fait son coup. — Mais de l'argent. — Allez,
Déshonorez, trompez, désolez, accablez
Le noir hideux. Je vois que tout dans cette proie
Sera bonheur pour vous, pour moi vengeance et joie ;
Mais cherchez de l'argent. Donnez-moi votre main,

3

Jurez-moi de vivre.

RODRIGO.

Oui.

YAGO.

De partir ?

RODRIGO.

Oui.

YAGO;

Demain.

RODRIGO.

Oui, je vendrai mes biens; j'y vais.

YAGO.

Plus de noyade!

RODRIGO.

Non; à demain.

YAGO.

Surtout de l'argent, camarade!

Rodrigo sort.

SCÈNE XI.

YAGO.

C'est ainsi que je prends dans mon vaste filet
La dupe qui m'écoute et l'emporte où me plaît.
Et ne serais-je pas coupable et sans excuse,
Si je perdais mon tems, sans employer la ruse
Et sans le fasciner par quelque adroit conseil,
A bavarder une heure avec un sot pareil?
Je hais le More. On dit partout que, sans scrupule,
Il m'a stigmatisé d'un affront ridicule:
J'ignore si c'est vrai, mais pour ce fait obscur
J'agirai comme si j'en avais été sûr.
Son estime, je l'ai; c'est un grand point. La place
De Cassio me convient; double sujet d'audace!
Il faut la conquérir; mais comment?—Quoi! comment?
Je suppose à sa femme un secret sentiment,
Certaine privauté par moi souvent surprise,
Entre elle et ce Cassio dont je la dis éprise.
J'ai conçu mon projet; qu'il mûrisse ce fruit
Aux flammes de l'enfer, aux ombres de la nuit!....

FIN DU PREMIER ACTE.

ACTE II.

—

SCÈNE PREMIÈRE.

(La nuit.)

Un port de mer dans l'île de Chypre. Une plate-forme. On découvre la mer et le port. A gauche de la scène un promontoire et la citadelle, à droite un corps de garde. Un violent orage gronde et agite les flots. Le peuple de Chypre est groupé sur le rivage avec les matelots.)

MONTANO ET DEUX OFFICIERS.

MONTANO.

De la pointe du cap, que voyez-vous en mer?

PREMIER OFFICIER.

Rien encor;—rien. Je vois les vagues écumer
Et s'élever si haut, si haut, qu'entre les nues
Et ces eaux qui me sont depuis long-temps connues,
Je ne puis signaler une voile.

MONTANO.

Je crois
Que jamais vents du nord si fougueux et si froids

Ne vinrent ébranler nos remparts; si la terre
De ce vaste ouragan est ainsi tributaire,
Quels flancs de bois tiendront sur nos bords dangereux
Quand des montagnes d'eau s'iront briser sur eux.
Que va-t-il arriver?

SECOND OFFICIER.

Que l'escadre Ottomane
Va se perdre. Voyez ce nuage qui plane
Et ce peuple de flots qui semble l'assiéger;
Avancez; voyez-vous ces lames se plonger
Dans un immense abîme et bientôt, dans leur course
Escalader au ciel les sept flammes de l'ourse,
Redescendre et soudain se relever encor

NOTE POUR LA SCÈNE.

Si les théâtres où l'on jouera ceci n'ont pas de décors assez parfaits pour
exécuter de point en point cette description et montrer une mer furieuse,
il sera mieux de faire cette coupure

MONTANO.

Je crois
Que jamais vents du nord si fougueux et si froids
N'ont sur nous déchaîné les orages du pôle.

SECOND OFFICIER.

Voyez, l'onde a brisé les trois chaînes du môle.

Pour éteindre l'éclat de ces étoiles d'or
Immobiles gardiens placés autour du pôle.
Voyez; l'onde a brisé les trois chaînes du Môle.
C'est un temps sans exemple!

MONTANO.

        Oui, les Turcs ont péri
S'ils n'ont pas su trouver quelque rade à l'abri.

TROISIÈME OFFICIER, qui entre.

Des nouvelles! seigneur! la campagne est finie,
La tempête effrénée, à nos armes unie,
A renversé les Turcs, leurs vaisseaux, leurs projets;
Janissaires, visirs, et princes et sujets,
Ils sont tous dans la mer avec leur entreprise;
Et nous l'avons appris d'un vaisseau de Venise.

MONTANO.

Dites-vous vrai?

TROISIÈME OFFICIER.

        Tenez, on peut le voir d'ici
Ce beau navire! à l'ancre; en rade, le voici!
Bâtiment de Vérone assez fort; il débarque
Un équipage armé dans lequel on remarque
Michel Cassio, qu'on dit être le lieutenant

D'Othello qui lui-même est en mer maintenant;
Car si nous en croyons ce qu'on ajoute encore,
Chypre pour gouverneur aura l'illustre More.

MONTANO.

Tant mieux, il en est digne.

TROISIÈME OFFICIER.

                    Ah! ce même officier
Qui du malheur des Turcs triomphe le premier,
Paraît triste et rêveur, se tourmente et répète
Qu'Othello reste en mer en proie à la tempête.

MONTANO.

Que le ciel le préserve et lui soit en appui!
Je le connais, je l'aime, ayant servi sous lui;
Car c'est en vrai soldat qu'il commande ses hommes.
Mais avançons plus loin sur la plage où nous sommes:
Peut-être les marins du navire ont raison;
Cherchons à voir ce brave au bout de l'horizon.

PREMIER OFFICIER.

La voile peut paraître aux lueurs de l'aurore.

SCÈNE II.

LES PRÉCÉDENS, CASSIO qui vient de débarquer.

CASSIO.

Grâce au noble officier, qui parle ainsi du More!
Puisse-t-il échapper au choc des élémens!
Notre métier, Messieurs, a de cruels momens.
Je l'ai perdu sur mer.

MONTANO.

A-t-il un bon navire?

CASSIO.

Vous avez des récifs où le meilleur chavire;
Mais le sien est très-bon, son pilote est savant,
Et dans les eaux de Chypre a navigué souvent;
Aussi, j'espère encore.

DES VOIX dehors.

Une voile! une voile!

CASSIO.

J'ai peut-être bien fait de croire à son étoile.

PREMIER OFFICIER.

La ville est désertée, et tous les habitans
Signalent à grands cris la voile en même temps ;
On dit qu'elle a déjà doublé la grande roche ;
Le canon va tirer bientôt à son approche.

CASSIO.

Il me semble d'avance y voir le gouverneur !
On tire !

(Le canon tire.)

PREMIER OFFICIER.

Entendez-vous, c'est la salve d'honneur.
J'y cours.

(L'officier sort.)

SCÈNE III.

CASSIO, MONTANO.

MONTANO.

Mais, dites-moi, vient-il seul, sans sa femme ?
On le dit marié.

CASSIO.

Sans doute, et sur mon âme
Il a conquis un ange, au-dessus mille fois

Des portraits, des récits; vous les trouveriez froids
En la voyant; elle est parfaite en toute chose;
De toutes les vertus sa vertu se compose;

(à l'officier qui revient.)

Il l'amène avec lui dans Chypre. Eh bien! sait-on
Qui vient de prendre terre?

L'OFFICIER.

                 Un officier, son nom
Est Yago; son métier, marin; son grade, enseigne.

CASSIO.

Il ne mérite pas, celui-là, qu'on le plaigne,
Il est toujours heureux! — Ainsi tous les dangers,
Les tempêtes, les flots, les écueils étrangers
Et les sables couverts, dont l'embûche puissante
Épie à son passage une nef innocente,
Tous enchantés, séduits, émus par la beauté,
Ont laissé dans leur sein passer en sûreté
Desdemona.

MONTANO.

Qui donc?

CASSIO.

                Hé! c'est la souveraine
De ce grand général, car il la traite en reine.

Yago l'a sous sa garde, et fait bien son devoir.

Leur arrivée ici devance notre espoir;

Sept jours de traversée avec un tel orage!

(Se tournant vers la croix du port.)

Grand Dieu! préserve encore Othello de sa rage,

Donne à sa voile un peu de ton souffle puissant.

SCÈNE IV.

Le canot du navire aborde, il en descend : DESDEMONA, EMILIA, YAGO, RODRIGO, DES FEMMES ET DES SERVITEURS.

CASSIO.

Voici Desdemona. Voyez. Elle descend;

Habitans, fléchissez le genou devant elle.

Noble dame, salut! la faveur immortelle

A votre jeune vie a donné du secours,

Puisse-t-elle de même assurer tout son cours!

DESDEMONA.

Merci, brave Cassio! mais ne pourrais-je apprendre

Quand mon prince et seigneur à Chypre doit se rendre?

CASSIO.

Il vient, Madame, il vient, bientôt vous le verrez.

DESDEMONA.

Hélas! je crains pourtant... vous fûtes séparés,
Quel jour?

CASSIO.

Depuis hier par ce terrible orage;
Mais il semble à présent calmé. Prenez courage,
Le canon...

(La canon tire.)

LES VOIX, au loin.

Un navire, un navire!

(On entend le canon long-temps.)

PREMIER OFFICIER.

A présent
C'est encore un ami qui salue en passant
Et fait les trois signaux devant la citadelle.

CASSIO.

Voyez-le pour Madame, et revenez près d'elle.

(à Yago.)   (L'officier sort.)

Cher Enseigne, soyez notre convive ici,

(à Emilia.)

Et bien venu de tous; et vous, madame, aussi,
Souffrez ce libre accueil d'un marin.

(Il lui donne la main.)

YAGO, brusquement.

Sur mon âme

Vous pouvez librement causer avec ma femme,
Vous en aurez assez, comme moi, dans un jour.

CASSIO, à Desdemona qui fait un geste d'étonnement.

C'est un soldat meilleur sur la mer qu'à la cour;
Il faut lui pardonner.

EMILIA, en riant à Yago.

Sans qu'on vous interroge
Vous vous chargez bientôt de faire mon éloge.

(Elle suit Desdemona qui fait quelques pas vers le port en donnant la main à Cassio.)

YAGO, seul sur le devant de la scène et les observant.

Il lui prend les mains. Bon ! et lui parle bas ! Bien,
Le papillon s'attrape au plus faible lien,
Dans celui-ci, Cassio, je te prends avec elle !
C'est cela. Parle-lui, souris bien à ta belle.
Tu seras dégradé pour ces fadaises-là.
Un baiser sur tes doigts, bien, bravo! c'est cela!
Pour que ta main le rende à sa main qu'elle touche,
Puissent tous ces baisers empoisonner ta bouche !

(On entend une trompette.)

Voici le More. Ha ! ha ! sa trompette !

CASSIO.

Allons tous,

C'est lui-même !

DESDEMONA.

O bonheur !

CASSIO.

Il s'avance vers nous.

DESDEMONA.

Je veux que ce soit moi qu'il trouve la première.
Le voici, je le vois.

SCÈNE V.

LES PRÉCÉDENS, OTHELLO entre avec sa suite et embrasse Desdemona.

OTHELLO.

O ma belle guerrière !

DESDEMONA.

Mon Othello !

OTHELLO.

Ma femme ! ô ma jeune beauté !
O délice et repos de mon cœur tourmenté !
Que le son de ta voix est doux à mon oreille !
Aux sifflemens des airs que la mort se réveille,
Que ma barque se livre encore aux flots puissans,

Si mon jour doit venir, qu'il vienne, j'y consens ;
Car jamais, quel que soit ton cours, ô destinée !
Une telle heure encor ne me sera donnée.

DESDEMONA.

Puisse-t-elle renaître, et puissent nos amours
S'accroître encor avec le nombre de vos jours.

YAGO, à part.

Charmant duo ! la harpe au théorbe s'accorde !
Mais de leurs instrumens, je briserai la corde.

OTHELLO.

Venez donc, allons voir la citadelle ; amis
A d'autres temps pour nous les combats sont remis,
Les Turcs sont détruits.

à Desdemona.

Vous, croyez, ma bien-aimée,
Que Chypre est un pays dont vous serez charmée ;
Les habitans sont bons et m'aimaient autrefois :
Ils vont idolâtrer la beauté de mon choix.....
Mais je parle toujours.... Dans mes yeux, ils vont lire
Que l'excès du bonheur me cause un vrai délire ;
Entrons....

(Othello et Desdemona se dirigent avec leur suite vers la Citadelle. Les habitans se retirent ; il ne
reste qu'une sentinelle devant le corps de garde, placé à droite de la scène. La citadelle est en
face à gauche.)

SCÈNE VI.

YAGO, RODRIGO.

YAGO.

Vous êtes brave. Écoutez-moi, mon cher,
Il faut venir au port, cette nuit, me chercher,
Et sur Desdemona vous en saurez de belles;
Vous, jeune débutant qui croyez aux rebelles,
Que direz-vous si tout vous prouve maintenant
Qu'elle est, sans le cacher, folle du lieutenant.

RODRIGO.

De Cassio? je ne puis croire cela!

YAGO.

Silence!
Laissez-vous éclairer. On sait la violence,
Sans borne, avec laquelle Othello fut aimé;
Le cœur de cette femme en un jour fut charmé,
Charmé de quoi? d'un conte à dormir, d'une histoire
De voyages, qu'elle eut la sottise de croire.
Pour ces fables en l'air, pensez-vous bonnement

Que la Desdemona l'aime éternellement?
Point du tout, pour la belle il faut tout autre chose;
Un bonheur plus réel, moins froid, qui se compose
De mieux que d'admirer le teint d'un homme noir.
Quel plaisir pensez-vous que l'on éprouve à voir
Le diable? Ah! croyez-moi, quand de l'adolescence
L'amour dans une femme usa l'effervescence,
Pour rendre quelque flamme à la satiété,
Il faudrait des rapports dans l'âge et la beauté,
Dans les goûts enfantins qu'elle conserve encore,
Et c'est là justement tout ce qui manque au More.
Cherchons donc qui pourrait lui donner tout cela;
Cassio; càr tout exprès le ciel l'a placé là
Pour attraper au vol cette bonne fortune.
Adresse, or, il a tout, de conscience aucune!
Ou bien pour les dehors, juste ce qu'il en faut
Pour mettre, par son air, les jaloux en défaut.
Beau, jeune et délié, tendre, plaisant et leste,
Rusé comme un démon, méchant comme la peste;
Aussi la belle en tient et le connaît à fond.

RODRIGO.

Oh! que dites-vous là? tout Venise répond
De sa haute vertu.

4

YAGO,

Vertu? fausse monnaie!

Ils n'ont pas comme moi mis le doigt sur la plaie.

N'avez-vous donc pas vu tout-à-l'heure sa main

Dans celle de Cassio?

RODRIGO.

Oui.

YAGO.

C'était le chemin

D'un bonheur rapproché, mystérieux prélude

A la conclusion que personne n'élude,

Dénoûment bien certain, qu'on pourrait se charger

De prévenir. — Laissez Yago vous diriger.

L'entreprise à présent peut être décisive;

Et Cassio répondra de tout, quoi qu'il arrive.

Je vous ai fait venir (et ce n'est pas pour rien)

De Venise, et je veux vous amener à bien.

Veillez toute la nuit; voici votre consigne.

Sitôt que vous verrez ma main faire ce signe,

Quand nous rencontrerons Cassio, suivez ses pas,

Tâchez de l'irriter, il ne vous connaît pas;

Discipline ou rang, tout peut être votre texte;

Il vous en fournira lui-même le prétexte,

A se mettre en colère il ne sera pas lent.

RODRIGO.

Bien! soit! c'est bon! c'est dit!

YAGO.

Il est né violent :
S'il vous frappe, aussitôt j'exciterai dans l'île
Une émeute à troubler tout le port et la ville :
Il voudra l'apaiser, il y succombera.
Dès-lors le seul rival pour vous disparaîtra.
C'est le bon moyen.

RODRIGO.

Moi, je trouve la pensée
Excellente, très-sûre, et l'action aisée.

YAGO.

Je vous la garantis. Dans un moment, venez
Me rejoindre au château, les ordres sont donnés
Pour le débarquement.

RODRIGO.

Que je vous remercie!

Adieu.

(Il sort.)

SCÈNE VII.

YAGO seul.

Va-t-en rêver à ton amour transie!
Fat ridicule. Et nous, rêvons à nos projets!
Oui! qu'elle aime Cassio! Tous les mauvais sujets
Étant leurs favoris, je le croirais sans peine.
Le More, quoiqu'il soit l'objet seul de ma haine,
Possède une âme noble, aimante; il se pourrait
Qu'il fût un mari tel, au fond, qu'il le paraît.
Eh bien! j'aime la belle aussi; mais ma tendresse
N'est pas comme la leur, car ce qui m'intéresse,
Ce qui m'entraîne, moi, c'est l'attrait seul du mal,
Le besoin de punir ce monstre oriental,
Que je soupçonne fort d'avoir séduit ma femme.
Cette pensée horrible empoisonne mon âme,
Me dessèche le cœur, me dévore le sein;
Rien ne peut me guérir, à moins que mon dessein
Ne s'accomplisse : il faut que de lui je me venge
Sur sa femme, et je veux que ce soit par l'échange.
Il marchera de pair avec Yago, sinon
Je le rendrai jaloux à perdre la raison.

Afin que le gibier cède à notre poursuite,

Employons Rodrigo que je mène à ma suite;

C'est un traqueur ardent qui battra bien le bois.

Bientôt, Michel Cassio, vous êtes aux abois,

Et le More abusé me donne votre place.

Conduisant ses fureurs avec un front de glace,

Je l'amène à chercher, récompenser, chérir

Celui qui le rendra triste au point d'en mourir,

Au point de déchirer ses entrailles de More.

(Ridant son front.)

Tout est ici; mais tout est bien confus encore.

Pensons. Que mon projet, médité sagement,

Ne se dévoile pas avant le dénoûment.

(Il sort.)

SCÈNE VIII.

(Entre un Hérault, tenant une proclamation; le peuple le suit en traversant la scène de la citadelle au corps-de-garde. En même temps Othello, suivi de ses officiers, sort du château et va donner ses ordres sur la rive, et disparaît un moment derrière le corps-de-garde; après la proclamation, il revient.)

LE HÉRAULT lit.

D'après le bon plaisir d'Othello, toute l'île,

Les forts et le château, les remparts et la ville

Seront illuminés, on placera des feux
Sur chaque toît. Ce soir on permet tous les jeux.
Chacun peut prolonger la fête en sa demeure
Depuis ce moment-ci jusqu'à la douzième heure.
Le noble général sait et vous fait savoir
Le naufrage des Turcs. Il s'attend à vous voir
Célébrer dignement cette grande journée,
Ce coup du ciel par où la guerre est terminée;
Son mariage ajoute au bonheur général.
Que Dieu défende Chypre et le noble amiral!

(Acclamation. Il sort suivi du peuple.)

SCÈNE IX.

(Une place ou rue gothique devant la citadelle.)

OTHELLO passant au fond du théâtre, suivi d'un officier et rentrant dans la
Citadelle.

Le repos de la nuit, cher Cassio, vous regarde;
Allez placer vous-même et surveiller la garde.
Donnons aux habitans l'exemple rigoureux
De l'ordre le plus strict, pour l'escadre et pour eux.

CASSIO.

Général, mon enseigne a déjà sa consigne,
C'est Yago.

OTHELLO.

Qu'il vous aide à tout, il en est digne;
Bon soir. Demain matin venez à mon réveil.

(Il entre dans la Citadelle.)

SCÈNE X.

CASSIO , YAGO qui entre.

CASSIO.

Allons, Yago , voici le coucher du soleil.
Au corps de garde!

YAGO.

Oh! oh! Lieutenant, pas encore;
Je ne suis pas pressé comme l'illustre More;
Desdemona l'attend et l'on peut concevoir
Que sans peine, avant l'heure, il nous quitte ce soir.

CASSIO.

Oui certe. Elle me semble une femme accomplie.

YAGO.

J'en suis sûr, Lieutenant, vous la trouvez jolie?

CASSIO, avec froideur.

Très-bien !

YAGO.

Vous aimeriez une Desdemona ,
N'est-ce pas ? Quel air tendre, ardent! Quel œil elle a!

CASSIO avec réserve.

Un œil tendre, et pourtant un regard très-modeste.

YAGO.

Allons, c'est bien ! qu'ils soient heureux là-haut. Du reste
J'ai deux flacons de vin, avec deux bons amis
Qui nous empêcheront de rester endormis.
Si vous voulez...

CASSIO.

Non, pas ce soir. Je le confesse,
Ma tête à ce jeu-là n'apporte que faiblesse,
Et, depuis que je sers, j'ai toujours regretté
Qu'un plaisir moins bruyant ne pût être inventé.

YAGO.

Un verre seulement pour leur être agréable,
Et puis, si vous voulez, vous quitterez la table.

CASSIO.

Non, pour un verre seul d'un vin très-affaibli
Je suis déjà troublé. Je mettrais en oubli
Mes devoirs. J'en craindrais quelque funeste suite.

YAGO.

Vous, soldat! d'un enfant aurez-vous la conduite?
Dans un soir de plaisir?...

CASSIO.

Eh! bien! où sont-ils?

YAGO.

Là.

CASSIO.

Allons-y donc! Pourtant je n'aime pas cela.

(Il entre au corps-de-garde.)

YAGO, seul.

Si je puis l'amener à se verser rasade
Il ne tardera pas à faire une algarade.
Rodrigo, d'autre part, que l'amour rend plus sot
Qu'il ne fut en naissant, va s'enivrer bientôt,
Car je l'ai laissé là buvant à sa maîtresse.
J'ai tant fait circuler la bouteille traîtresse
Que trois braves de Chypre au cœur fier et hautain

Sont de garde et se vont battre jusqu'au matin.

Maintenant au milieu du troupeau sans vergogne ,

Je vais lancer Cassio comme un cinquième ivrogne;

Ils reviennent, s'ils font tout ce que j'ai rêvé,

Ma barque voguera seule, et je suis sauvé.

SCÈNE XI.

YAGO, rentrent CASSIO et MONTANO avec
d'autres officiers , sortant du corps-de-garde.

CASSIO.

Par le ciel! ils m'ont tous versé de larges pintes!

MONTANO.

Bien peu, foi de soldat; lieutenant, pas de plaintes.

YAGO.

Holà! du vin! chantons! apportez-moi du vin!

(Il chante en versant à boire à Cassio , et lui passe un verre plein , il le reçoit d'un homme
placé à sa gauche.)

Le bon Étienne

Que Dieu soutienne

Fut un grand roi ,

Un bien digne homme ,

Plus économe

Que toi ni moi,

Son manteau jaune

Coûtait par aune

Un sou tournoi ;

Toi, petit page

De bas étage

Qui fais tapage

Le vaux-tu, toi ?

Ta vieille veste

Est plus modeste

Qu'un habit leste,

Mets-la, crois-moi.

Fuis comme peste

L'orgueil funeste,

Sois doux et preste,

Sers, verse et boi.

CASSIO.

Par la terre et le ciel ! c'est un couplet divin.

YAGO, riant.

Vous êtes bien poli. Ce fut en Angleterre
Que je l'appris ; ce peuple a le vrai caractère
Du solide buveur.

CASSIO.

Répétez-le. Non, non !

Qui fait ceci devient la honte de son nom.
Le Ciel domine tout; les hommes et les femmes
Seront jugés ensemble, et vous verrez des âmes
Qui monteront au Ciel, d'autres qui descendront.

(Yago lui fait passer des verres pleins sans qu'il s'en aperçoive.)

YAGO.

C'est une vérité.

CASSIO.

         Sans vouloir faire affront
A mes chefs, je serai sauvé.

YAGO.

           J'ai l'espérance
De l'être aussi.

CASSIO.

        C'est bon, soit; mais la lieutenance
Passe avant vous, ainsi n'en parlons plus. Que Dieu
Pardonne nos péchés. Je ne vais qu'en bon lieu.
Parbleu, ne croyez pas, Messieurs, que je sois ivre;

(En montrant Montano.)

Ceci c'est mon enseigne; et d'ailleurs je sais vivre,
Je marche bien!

(Les officiers rient.)

TOUS', rient.

Très-bien.

CASSIO.

Je ne chancelle pas.

TOUS, rient

Non, non!

CASSIO.

J'irais tout droit pendant cinquante pas.

(Il sort.)

SCÈNE XII.

MONTANO, YAGO.

YAGO, à Montano.

(Montrant Cassio qui s'en va.)

Eh bien! cet officier a bonne renommée.
Ce serait un César pour guider une armée.
Mais voilà son défaut, qui malheureusement
Balance ses vertus non moins exactement
Que la nuit fait le jour dans le temps du solstice.
Cela fait pitié. Mais aux yeux de la justice
Il est fâcheux de voir cette île à sa merci.

MONTANO.

C'est un très-grand malheur! Est-il souvent ainsi?

YAGO.

De son sommeil, hélas ! c'est toujours le prélude,
Et le joug est si fort de sa triste habitude
Qu'il ne pourrait dormir par nos travaux lassé
Si par l'ivresse encor son lit n'était bercé.

MONTANO.

Il faut en prévenir le général.

YAGO, apercevant Rodrigo qui entre, court au-devant de lui et lui dit tout bas :

De grâce.
Suivez Cassio, courez, vous le voyez qui passe.

MONTANO, poursuivant sans avoir entendu Yago parler à Rodrigo.

Avertir Othello serait notre devoir.

YAGO.

Ce ne sera pas moi ! J'aime mieux ne rien voir.
Cet officier m'est cher et je crois que ma tâche
Est de le conseiller. Mais que de bruit !

(On entend crier : *au secours*, *au secours*, et un cliquetis d'épées.)

SCÈNE XIII.

Entre CASSIO poursuivant RODRIGO.

CASSIO.

Toi, lâche!

Toi, brigand!

MONTANO.

Qu'est-ce donc?

CASSIO.

Un drôle, sans façon!

Venir sur mon devoir me faire la leçon?
Je veux l'assommer!

RODRIGO.

Vous?

CASSIO, à Montano qui le retient.

Laissez-moi le poursuivre.

MONTANO.

Non.

CASSIO.

Laissez-moi, vous dis-je.

MONTANO.

Allez. Vous êtes ivre.

CASSIO. Il attaque Montano , ils se battent.

Ivre ?

YAGO , qui a tout observé à part , dit tout bas à Rodrigo.

Sortez, courez, qu'on sonne le tocsin;
Appelez au secours, criez à l'assassin;
Parcourez toute l'île et répandez l'alarme.

(Rodrigo sort.)

(Haut.)

Eh quoi, cher Lieutenant, ensanglanter son arme!
Ici? Cher Montano! Messieurs! séparez-vous!
Au secours!

(On entend la cloche.)

Le tocsin! Grands Dieux! où sommes-nous!
La ville se réveille!

SCÈNE XIV.

LES PRÉCÉDENS , OTHELLO entre avec sa suite.

OTHELLO.

Eh! qu'est-ce donc?

MONTANO , continuant à se battre avec Cassio.

Qu'il meure!
Mon sang coule. Brigand! Je suis blessé.

OTHELLO.

                        Demeure,
Sur ta vie!

YAGO, avec affectation.

      Arrêtez, Montano, Lieutenant,
Vos devoirs, votre honneur.

OTHELLO.

                  Désordre surprenant!
*Infâme! sommes-nous des Turcs? Quoi! des querelles
Comme on n'en voit jamais parmi les infidèles!
De par la sainte Croix! séparez-vous, ou bien
Qui croisera le fer rencontrera le mien.
La ville à ce tocsin d'épouvante est glacée,
Faites taire au plutôt cette cloche insensée.
Que l'on m'explique tout. Yago, plein de douleur,
Consterné, dites-moi votre tort ou le leur;
Au nom de l'amitié, parlez-moi, je l'exige.

YAGO.

Hélas! je ne sais rien, seigneur, c'est un prodige!

---

* *Are we turn'd Turks?*

  Voici le mot vrai et simple, le trait de localité et de circonstance. Othello ne doit pas perdre une occasion d'inspirer à Chypre le mépris des Turcs.

                                    5

Ils sont restés unis jusques à ce moment
Comme une fiancée avec son jeune amant,
Dans la salle de garde et dans celle où nous sommes;
Puis tout-à-coup j'ai vu se battre ces deux hommes,
J'en ignore la cause encore, mais je sais
Que j'ai cru voir deux fous l'un sur l'autre élancés.

OTHELLO.

Cassio ! vous oublier ainsi !

CASSIO.

Faites-moi grâce !
Je ne saurais parler.

OTHELLO.

Ce silence me lasse.
Vous digne Montano que l'on dit juste et bon,
Vous dont personne ici ne prononce le nom
Sans y joindre un éloge et dont la vie est pure,
Comment avez-vous pu perdre toute mesure
Et mériter le nom de batailleur de nuit?

MONTANO, soutenu par deux soldats.

Noble Othello; je suis blessé; je suis réduit
A garder, malgré moi, le plus profond silence.
Parler me fait souffrir. Lorsque la violence

Vient assaillir un homme et le frapper, il doit
Défendre sa personne et certe en a le droit.

OTHELLO, avec une colère croissante.

Ah ! par le ciel, mon sang se révolte et s'enflamme
Au point que la fureur va gouverner mon âme !
Si je lève le bras, le plus fier de vous trois
Pourra bien se sentir écrasé de son poids ;
Je veux de tout ce bruit connaître l'origine :
J'en punirai l'auteur, je jure sa ruine
Fussions-nous tous les deux sortis du même sein.
Quoi ! réveiller aux cris de meurtre et d'assassin
Une place de guerre agitée, une ville
Toute craintive et prête à l'émeute civile,
Au poste de la garde ! au fort ! c'est monstrueux !
Yago, qui commença ? nommez-le. Je le veux.

MONTANO.

Si par quelque amitié vous altérez la chose,
Vous n'êtes pas soldat.

YAGO.

Mon général, je n'ose
M'expliquer. Je voudrais dire la vérité,
Vous me serrez de près. Mais d'un autre côté
Je ne voudrais pas nuire à Cassio. Je préfère

Qu'on me rende muet. Pourtant voici l'affaire.

Comme avec Montano je causais : Au secours !

Crie un homme en fuyant devant Cassio. Je cours

Pour empêcher ses cris ; mais il allait plus vite

Et m'échappe ; arrivant de ma vaine poursuite,

Je vois l'épée en main ce digne cavalier

Résistant à Cassio sans rompre et sans plier,

Et Cassio le poussait en jurant (car il jure

A m'étonner.) Je crois que quelque grave injure

L'irritait. Montano pourtant n'avait voulu

Qu'apaiser notre ami qui de coups l'a moulu.

C'est tout ce que je sais. Mais l'homme le plus sage

Est homme, général. Pour un geste, un outrage...

OTHELLO.

Yago, votre bon cœur et votre honnêteté

Veulent tout adoucir, mais tout est arrêté.

(à Cassio.)

Je t'aimais bien, Cassio, cependant pour l'exemple

Tu ne resteras pas mon officier. Contemple

Ton œuvre. Il n'a fallu que ce bruit alarmant

Pour tout faire accourir.

DESDEMONA , avec ses femmes sortant de la citadelle.

     Mon ami, quel tourment !

Qu'est-il donc arrivé ?

OTHELLO.

.Tout est fini, ma chère,

(à Montano.)

Calmez-vous. Vous, Seigneur, une seule prière,
Permettez que chez moi l'on vous fasse guérir.

(à Yago.)

Emmenez-le. Pour vous il faudra parcourir
La ville et les remparts en rassurant la foule.

(à Desdemona.)

Chaque jour d'un soldat de la sorte s'écoule.
Tu vois, le soir la paix et la guerre au réveil.

(Il rentre avec Desdemona et la suite.)

SCÈNE XV.

YAGO, CASSIO, appuyé sur son épée.

YAGO.

Quoi! seriez-vous blessé?

CASSIO.

Oui, mais un coup pareil
Est trop fort pour guérir par une main humaine!
Une profonde plaie, une incurable peine
M'accable.

YAGO.

Est-il possible? Ah! plaise au Ciel que non.
Ce n'est pas sérieux?

CASSIO.

Ma réputation!
Ma réputation! cette part immortelle
De moi-même, et la part autrefois la plus belle,
Finir en un instant, et dans une action!
J'ai perdu pour toujours ma réputation.

YAGO.

J'ai cru que vous aviez au corps quelque blessure!
C'est-là qu'une douleur est réelle et bien sûre.
La réputation n'est qu'un mot suborneur,
Souvent acquis sans droit, perdu sans déshonneur.
Au reste, on ne vous a rien ôté de la vôtre.
Cette rigueur du More, il l'aurait pour tout autre;
Rigueur de discipline, et non d'inimitié,
Où le ressentiment n'entre pas pour moitié.
Il faudrait l'implorer.

CASSIO, avec violence.

Implorer l'infamie!
Plutôt que de tromper sa justice, endormie

Sur mes vices hideux une seconde fois.

Va, Cassio, mauvais chef, mauvais soldat, va, bois,

Divague, jure et fais le rodomont, bavarde,

Avec l'ombre qui passe, en mots de corps-de-garde!

O vil esprit du vin! si tu n'as pas de nom

Qui te désigne encor, je t'appelle démon.

YAGO.

Qui poursuiviez-vous donc?

CASSIO.

Je ne sais.

YAGO.

Votre vue

Ne l'a pas distingué?

CASSIO.

Non; l'attaque imprévue,

La querelle, et puis rien. Tout le reste à demi

Se peint dans ma mémoire. Ah! honteux ennemi!

Que l'homme dans lui-même introduit avec joie,

Afin que sa raison en devienne la proie.

YAGO.

Eh! vous voilà très-bien! Comment avez-vous fait?

CASSIO.

Le démon de l'ivresse amplement satisfait,

A celui de la rage abandonne mon âme;
Car il est dit qu'en moi quelque faiblesse infâme
Prend la place de l'autre et me fait mépriser.

YAGO.

Allons, cher lieutenant, c'est trop moraliser!
Mieux nous vaudrait songer à vous tirer d'affaire.
Le général auquel il est urgent de plaire,
C'est la femme du More. Il adore à présent
Ses grâces, son esprit, et son cœur bienfaisant;
Allez lui confier librement votre peine;
Je serai bien trompé si l'entreprise est vaine,
Et si sa main ne sait renouer entre vous
Les liens d'amitié brisés par son époux.

CASSIO.

Votre conseil est bon.

YAGO.

Et dicté par mon zèle
Pour vous.

CASSIO.

Je le vois bien.

YAGO.

Vous trouverez en elle

Une femme qui croit manquer à son devoir
Si sa bonté ne fait plus qu'on ne peut prévoir.

CASSIO.

Eh bien! je m'y résous, et, dans la matinée,
J'irai demain. Ce coup règle ma destinée,
J'en suis bien sûr.

YAGO.

Allez. Je prends congé de vous
Pour cette ronde.

CASSIO.

Honnête Yago! Séparons-nous.

SCÈNE XVI.

 YAGO, seul.

(Les mains derrière le dos. Satisfait de lui.)

Eh bien! qui pourra dire à présent que je joue
Le rôle d'un trompeur; voilà que je renoue
Une vieille amitié, rien n'est plus franc, plus vrai
Que mes conseils, sinon ceux que je donnerai;
Rien ne s'accorde mieux avec ce que je pense,
C'est une ruse au moins qu'un franc avis compense;
Car Desdemona seule a ce pouvoir entier

Qu'il faut pour obtenir grâce à cet officier.

Elle enjôle le More avec des fariboles ;

De la rédemption abjurer les symboles,

Renoncer au baptême, au signe de la croix,

Il ferait tout pour elle. Elle a sur lui ces droits

Que sur un vieux soldat prend une jeune femme :

J'ai parlé franchement.— Enfer ! lorsqu'une trame

Aux forges des démons se rougit et se tord,

D'une forme céleste ils la couvrent d'abord,

Je le fais maintenant. Que ce jeune homme honnête

Avec la jeune belle obtienne un tête-à-tête,

Dans l'oreille du More un soupçon les perdra ;

Elle voudra la grâce, et, plus elle voudra,

Plus Othello sera jaloux de l'étourdie.

Ainsi, faible alouette au miroir engourdie,

Elle prendra son aile à mon piège, et la glu

Dont je veux me servir, ce sera sa vertu.

SCÈNE XVII.

YAGO, RODRIGO.

YAGO.

Qu'avez-vous, Rodrigo?

RODRIGO.

J'ai, qu'enfin je me lasse
De courir le pays comme un chien à la chasse,
Ma bourse est presque vide et j'ai reçu des coups,
Je crois bien qu'à Venise et cela grâce à vous,
Je retournerai pauvre et plein d'expérience.

YAGO.

Les pauvres gens sont ceux qui vont sans patience
A travers champs. Voyons, tout ne va-t-il pas bien,
Chaque chose à son jour. Suis-je magicien?
Il faut toujours du temps, lorsque l'esprit opère.
Cassio vous a frappé, c'est vrai, mais je l'espère
Il reçoit à son tour un coup assez profond?
Les hommes tels que moi savent bien ce qu'ils font.
Nous agissons toujours par des causes majeures.

Mais comme le plaisir a fait passer les heures !

* La nuit est toute sombre. — Adieu.

RODRIGO.

Non. — Dès ce soir.

Il faudra s'expliquer.

YAGO,

Comme le ciel est noir.

L'orage recommence.

RODRIGO.

Il faut...

YAGO.

Pas de querelle.

RODRIGO.

Compter...

YAGO.

Le général !...

RODRIGO,

L'argent...

YAGO.

La sentinelle !...

Si vous faites du bruit on va nous arrêter.

RODRIGO.

Pardieu ! je ne veux pas cette nuit vous quitter !

(Il poursuit Yago.)

---

* Au dernier monologue d'Yago, j'ai substitué pour la scène cette sortie plus
vive, et qui convient mieux peut-être au besoin d'action qu'éprouve toujours un parterre français. Cependant j'ai mal fait, et c'est un mauvais
exemple. Ce second acte finit froidement, il est vrai, mais cette fin concourt

à prouver combien Yago est maître des événemens ; c'est un fil de sa trame, qu'il est bon de laisser suivre au spectateur. Toutes les fois qu'un grand acteur croira que, dans le public qui l'écoutera, domineront les esprits patiens, attentifs, qui savent suivre une forte combinaison, il fera bien de revenir à la première version. Ces petites scènes chaudes, dont on fait trop de cas ici, se trouvent tous les soirs au Vaudeville, et sont faciles à écrire au crayon sur le genou, pendant une répétition. En général, ce qu'il y a de mieux à faire, pour montrer ce que fut Shakspeare, c'est de prendre Shakspeare.

Voici sa version : Two things are to be done, etc., etc.

> Mais comme le plaisir a fait passer les heures,
> La nuit est toute sombre. Allez vite, et bientôt
> Je vous dirai le reste. Adieu.

(Rodrigo sort.)

SCÈNE XVIII.

YAGO.

Va, jeune sot.
Deux choses à conduire à présent. Que ma femme
Prépare sa maîtresse, et pour Cassio l'entame ;
Moi, j'emmène le More et le ramène après,
Pour les prendre tous deux quelque part, ici près.
C'est mon chemin. Marchons, et point de négligence.
Mon travail sans repos aura sa récompense.

NOTE POUR LA SCÈNE.

Malgré l'indication qui se trouve à la scène IX, on peut jouer le second acte entier avec les premiers décors. Cela se fait ainsi à la comédie française, et ne choque nullement le bon sens si l'on a soin que le corps de garde se trouve en face de la citadelle. La droite s'entend comme la droite de l'acteur, gauche du spectateur.

FIN DU DEUXIÈME ACTE.

ACTE III.

SCÈNE PREMIÈRE.

(Un appartement dans le palais.)

DESDEMONA , CASSIO , EMILIA.

DESDEMONA.

Soyez-en sûr, Cassio , malgré votre imprudence,
Il vous aime, il ignore une froide vengeance,
Il est bon et loyal; il reviendra vers vous.
Il en a le désir peut-être autant que nous.

CASSIO.

Mais sa sévérité, madame, se prolonge,
Le temps s'écoulera sans qu'à ma grâce il songe,

DESDEMONA.

Ne le redoutez pas. Nous obtiendrons merci.
Devant Emilia, je vous le jure ici,

A moins qu'il ne me cède et qu'il ne s'adoucisse,

Ne vous tende la main en vous rendant justice,

Mon Othello, Seigneur, n'aura plus de repos,

Je le tourmenterai pour vous à tout propos.

Je veux que votre nom lui soit inévitable,

Je le répèterai le jour, le soir, à table,

Jusques à l'irriter. Je serai sans pitié

Je ne promets jamais en vain mon amitié.

Je m'engage avec vous. C'est une œuvre de femme

Certaine. Reprenez la gaîté de votre âme.

Je vous réponds de lui.

EMILIA.

J'aperçois Monseigneur.

DESDEMONA.

Voulez-vous lui parler ?

CASSIO.

Madame, j'aurais peur

De gâter votre ouvrage encor par ma présence.

DESDEMONA.

Eh bien! prenez conseil de votre prévoyance.

SCÈNE II.

DESDEMONA, EMILIA, OTHELLO, YAGO.

YAGO, entrant avec Othello qui lit des papiers.

Ah! ceci me déplaît.

OTHELLO.

Que dis-tu-là?

YAGO.

Moi? rien.
Ai-je parlé? vraiment je ne le sais pas bien.

OTHELLO.

N'est-ce pas ce Cassio qui sort de chez ma femme?

YAGO.

Oh non! Seigneur! ayant encouru votre blâme,
Ayant à réparer beaucoup, son intérêt
Ne serait pas de fuir; sans doute il resterait.

OTHELLO.

Je crois que c'était lui cependant.

DESDEMONA, rentrant avec Emilia.

Tout-à-l'heure,

Mon ami, j'ai conduit hors de votre demeure

Un suppliant bien triste et dont le repentir

M'a touchée à tel point qu'il m'a fait consentir

A demander sa grâce. Une femme étrangère

Obtiendrait à l'instant cette faveur légère,

Rien qu'en disant son nom. Je le fais. Maintenant

Il faut me l'accorder, c'est ce bon lieutenant

Cassio ; nous allons voir par-là si votre femme

A quelque autorité, comme on croit, sur votre âme ;

Si ce qu'on dit est vrai, vous le rappellerez.

C'est un homme d'honneur dont les sens égarés

Ont un moment peut-être altéré la prudence ;

Mais moi qui viens d'avoir ici sa confidence,

J'atteste qu'il vous aime et mérite un pardon ;

Allons, mon chevalier, octroyez-moi ce don ;

Rappelez-le.

OTHELLO.

Quelle est dites-moi la personne

Qui sort d'ici ?

DESDÉMONA.

C'est lui.

OTHELLO.

Lui ?

6

DESDEMONA.

Cela vous étonne?
C'est lui-même; il venait, mais hélas! si chagrin,
Si honteux qu'il faudrait vraiment un cœur d'airain
Pour lui garder encor la plus légère haine.
Il me faisait pitié! j'ai souffert de sa peine;
Allons, mon bien-aimé, rappelle Cassio.

OTHELLO.

Non,
Pas encor, le moment pour cela n'est pas bon.

DESDEMONA.

Mais sera-ce bientôt?

OTHELLO.

Dès que j'en serai maître;
Pour vous, mais à présent cela ne pourrait être.

DESDEMONA.

Ce sera donc ce soir au souper?

OTHELLO.

Pas ce soir.

DESDEMONA.

Demain donc au dîner?

OTHELLO.

Non ; vous venez de voir

Qu'au festin général la garnison m'invite.

DESDEMONA.

Ah ! si ce n'est demain que ce soit donc bien vite*.

Demain soir, ou mardi matin, ou vers midi,

* Why then, to-morrow night ; or Tuesday morn ;
Or Tuesday noon, or night ; or Wednesday morn ;
I pray thee, name the time ; but let it not
Exceed three days.

Ces instances si naïves, si pressantes, si naturelles, d'une jeune femme qui veut être obéie et marque d'avance l'heure et le jour de son triomphe, avec une sorte de fierté enfantine, composent un trait de nature adorable, à mon sens, et qui se renouvelle chaque jour dans les familles. Je l'ai gardé religieusement et rendu mot pour mot. Lorsque, dans l'intérêt de l'art, on a bien voulu se faire traducteur une fois en passant, on a du moins cet avantage inappréciable de pouvoir parler franchement des beautés que l'ouvrage renferme.

La faiblesse de quelques infortunés, dont j'ai signalé la maladie, a été telle, que la grâce inexprimable de mademoiselle Mars, la douceur et la pureté de sa voix, son abandon familier et pourtant de si *bonne compagnie*, dans cette scène, la chasteté de sa coquetterie bienfaisante et vertueuse, la beauté de ses attitudes modestes et caressantes; rien n'a pu, durant ces quatre vers, retenir l'attention fugitive de leurs cerveaux débiles, frappés uniquement du rapport qu'il y a entre mardi et mercredi, et trop énervés pour pouvoir pénétrer sérieusement et fortement dans la profondeur des caractères et des situations. La voix d'un peuple est toujours rude, et les a écrasés de tant de mépris, que cela me faisait pitié. Les pauvres gens ne méritaient pas tant de rigueur; il faut songer qu'ils ont été, dès leur naissance, emmaillotés et bercés dans le faux. De là leur *infirmité*.

Ou mardi soir, ou bien, au plus tard, mercredi,
Dès le matin! fixons le moment, je t'en prie,
Mais qu'il ne passe pas trois jours, ni ne varie.
Dis, quand reviendra-t-il? je cherche vainement
En moi, quelle promesse ou quel consentement
Je pourrais refuser à tes moindres instances.
Quoi pas un mot encor? Si long-temps tu balances?
Pour ce même Cassio qui venait autrefois
Chez mon père avec vous, et vous prêtait sa voix,
Vous excusait toujours et le forçait d'entendre
Comme moi les raisons qui pouvaient vous défendre;
Car vous n'étiez pas sûr encor de mon amour,
Et l'on plaidait pour vous; aujourd'hui c'est mon tour.
Pourtant à votre place...

OTHELLO.

            Assez, je t'en supplie,
A tes moindres desirs ma volonté se plie;
Qu'il revienne aujourd'hui, quand il voudra.

DESDEMONA.

                 Mais quoi!
Ce n'est point un bienfait que j'accepte pour moi
Ni pour lui, c'est agir selon votre avantage;

Comme si je venais, en voyant un orage,
Vous prier de rester, ou bien vous avertir
De prendre une fourrure et de vous mieux vêtir.
Oh! lorsqu'il me faudra quelque réelle preuve
Qui fasse en vous briller l'amour par une épreuve,
Je l'inventerai grande, et plus digne de nous,
Périlleuse, peut-être, et difficile à vous;
Je veux que cela soit vraiment un sacrifice.

OTHELLO.

Il n'est, pour t'obéir, rien que je n'accomplisse;
Mais souffre qu'à mon tour je demande merci,
Et, pour un peu de temps, laisse-moi seul ici.

DESDEMONA.

Comment vous refuser! vous m'avez apaisée;
Et toute obéissance à présent m'est aisée.
Mais songez à Cassio, souvent j'y reviendrai,
J'en parlerai toujours.

OTHELLO.

Va, va, j'y penserai.

DESDEMONA.

Eh bien, adieu!

OTHELLO.

Bientôt je te rejoins moi-même.

SCÈNE III.

OTHELLO, YAGO.

OTHELLO.

Me saisisse l'enfer s'il n'est vrai que je t'aime,
Créature adorable! et que si ton amour,
Dans mon cœur embrâsé, pouvait s'éteindre un jour,
Le chaos en prendrait la place.

YAGO.

           Eh bien! ne puis-je
Vous parler?

OTHELLO.

     Que veux-tu?

YAGO.

       Quelque chose m'afflige,
M'occupe malgré moi; lorsqu'à Desdemona,
Vous demandiez ce cœur, qu'enfin on vous donna,
Cassio sut vos amours?

OTHELLO.

       Oui, depuis leur naissance;

Jusqu'à notre union, il en eut connaissance.
Mais pourquoi demander ces détails?

YAGO.

Oh! sans but!
Mais je ne savais pas qu'alors il la connût.

OTHELLO.

Beaucoup, et très-souvent l'entretien le plus tendre
L'admit en tiers; il put nous voir et nous entendre.

YAGO.

Vraiment?

OTHELLO.

Vraiment, doit-on douter de sa vertu?

YAGO.

La vertu de Cassio?

OTHELLO.

Mais! oui! qu'en penses-tu?

YAGO.

Ce que j'en pense?

OTHELLO.

Oui! oui! j'ai dit ce que tu penses!
Par le ciel! quel secret, quelles noires offenses,
Quel soupçon monstrueux dans son cœur est entré!

Si hideux qu'il ne puisse au jour être montré.

Il hésite! il se fait l'écho de mes paroles.

Tes réponses, Yago, ne sont jamais frivoles;

Je te connais. Dis-moi le soupçon qui te prit

A l'instant sur Cassio, qu'avais-tu dans l'esprit

En me disant : *Ceci me déplaît.* Quelle chose

Te déplaisait? ton front se ride et se compose

Si tu m'es attaché qu'enferme-t-il, dis-moi!

YAGO.

Je vous aime beaucoup, Monseigneur.

OTHELLO.

Je le crois,

Et c'est une raison de craindre davantage.

Ces silences fréquens qui coupent ton langage,

Ces soupçons retenus ou formés à demi,

Ne m'étonneraient pas venant d'un ennemi;

Mais en toi, ce combat des cris et du silence,

C'est l'indignation qui se fait violence.

YAGO.

Plût à Dieu que toujours les hommes fussent tels

Qu'ils semblent! ou du moins puissent tous les mortels

Paraître avec des traits qui découvrent leurs âmes!

OTHELLO.

Et quels sont, dis-le donc, ces hommes que tu blâmes?

YAGO.

Ah! ce n'est point Cassio, je le crois plein d'honneur.

OTHELLO.

Que cache tout cela? parle-moi.

YAGO.

Non, Seigneur,

Excusez-moi. Malgré ma grande obéissance,
Sur la face du globe il n'est pas de puissance
Faite pour me forcer d'exprimer hautement
Les motifs inconnus d'un secret sentiment.
De la discrétion rompre ainsi les entraves!
On ne l'exige pas même de ses esclaves!
Et d'ailleurs qui vous dit que ce vague soupçon
Soit légitime et juste en aucune façon?
Hélas! dans quel palais n'entre une chose impure!
Et quel homme, à ce point, de lui-même s'assure
Qu'il puisse dans son cœur toujours se dégager
Des pensers hasardeux qui viennent l'assiéger?
C'est, je vous l'avoûrai, mon vice et ma faiblesse
De soupçonner le mal quand le dehors me blesse,

Et j'invente des torts. Tenez, de bonne foi
Je vous en avertis, méfiez-vous de moi.
Il ne serait pas bon, pour mon bien, pour le vôtre,
D'en parler plus long-temps; ménageons l'un et l'autre;
Mon honneur, mon état, tout serait engagé
Si mon secret par vous devenait partagé.

OTHELLO.

Quoi! rien?

YAGO.

Non, croyez-moi, Seigneur, pour une femme
Le premier des trésors, la richesse de l'âme,
C'est l'honneur.

OTHELLO.

Je saurai ta pensée. Il le faut!

YAGO.

Ah! gardez-vous, Seigneur, d'un énorme défaut,
La jalousie. Hélas! c'est un monstre qui ronge
Le cœur infortuné dans lequel il se plonge.
Tel mari sans amour, bien certain de son sort,
Près de son infidèle en souriant s'endort,
Mais quel tourment d'enfer! quel chagrin empoisonne
Celui dont l'âme ardente idolâtre et soupçonne!

OTHELLO, à part.

Malheur !

YAGO.

Qu'à ce fléau jamais ne soient soumis,
Je t'en conjure, ô ciel! les cœurs de mes amis!

OTHELLO,

Que veut dire ceci? me croirais-tu l'envie
D'user dans les soupçons ma pensée et ma vie,
Et de suivre les pas d'une femme, inconstans
Comme les pas légers de la lune et du temps?
Non! Le doute pour moi vaudrait la certitude.
Si jamais je m'attache à cette vile étude
De chimères d'enfant, de rêves d'écolier,
Je livre mes deux bras à qui veut les lier.
Je ne serai jamais mécontent qu'on m'apprenne
Que ma femme aime encor ce que son âge entraîne,
La danse et les concerts, le monde et sa gaîté,
Qu'elle aime les bijoux, parle avec liberté,
Que des grâces du chant sa voix est le modèle,...
Où règne la vertu, tout est pur autour d'elle.
Je ne veux même pas qu'un secret sentiment
De ce que mon aspect donne d'éloignement

M'intimide et me cause aucune inquiétude,

De mes traits africains elle avait l'habitude,

Peut-être en me plaignant elle m'en aima mieux.

Enfin c'est au grand jour que m'ont choisi ses yeux.

Non! je veux voir avant de me livrer au doute:

Lorsque j'aurai douté, je veux, quoi qu'il m'en coûte,

La preuve; et si je l'ai, dès l'instant, sans retour,

Meure ma jalousie, ou meure mon amour.

YAGO.

Eh bien! je suis ravi de vous trouver si sage;

Car si j'avais reçu pour vous quelque message

D'un ami dévoué propre à vous avertir,

Je l'aurais refusé; mais j'y peux consentir,

Vous saurez tout bientôt. En attendant cette heure,

Ecoutez mon avis. Fermez votre demeure

A double clef, veillez sur votre femme ici;

Sans trop d'emportement, ni trop peu de souci,

Observez ce Cassio. Moi je n'ai point de preuve,

Mais je ne puis souffrir que de peine on abreuve,

Un cœur noble, en dehors, ennemi du soupçon;

Veillez donc, profitez, seigneur, de la leçon.

Tout le monde le sait, nos belles de Venise

N'ont que cette vertu qui souvent s'humanise,

Et laissent sans rougir voir au ciel tous les jours
Des choses que la terre ignorera toujours.

OTHELLO.

Est-ce là ta pensée?

YAGO.

Oui, quand je me rappelle
Que son père autrefois fut abusé par elle,
Et que chacun eût dit tous vos pas superflus
Au moment où son cœur vous chérissait le plus.

OTHELLO.

Il a raison...

YAGO.

Allez! celle qui dès cet âge
Put soutenir long-temps un pareil personnage,
Aveugler son vieux père au point!.. J'en ris encor
Qu'il crût à la magie... Ah! pardon! cet essor
D'une franchise extrême et d'une amitié tendre
Pourrait vous fatiguer...

OTHELLO.

Non, non; j'aime à l'entendre.

YAGO.

Tout ceci, je le vois, a troublé vos esprits.

OTHELLO.

Point du tout ! A cela je n'attache aucun prix.

YAGO.

Ne donnez à ces mots en l'air nulle étendue !
J'aime Cassio beaucoup.

OTHELLO,

Précaution perdue !
Je n'y veux plus penser.

YAGO.

Je ne veux nullement....
Mais vous êtes ému.

OTHÉLLO.

Non. Je crois seulement
Et toujours que ma femme est vertueuse.

YAGO.

Ivresse,
Que donne le bonheur ! ô paix enchanteresse !
Le ciel vous la conserve. Adieu.

OTHELLO.

Si tu savais
Quelque chose de plus.... Alors bon ou mauvais,
J'espère qu'à l'instant tu viendrais me le dire,
Ta femme observerait aussi....

YAGO,

> Je me retire.

(Il salue et sort.)

OTHELLO, seul.

Cœur probe! il a parlé parce que j'ai prié!
Trois fois maudit le jour où je fus marié!

YAGO, rentrant.

Seigneur, ma mission fatale est accomplie,
Mais je voudrais encore et... je vous en supplie
Que cette affaire là fût oubliée.... Il faut
Que le temps en découvre ou cache le défaut.
Si, par exemple, on voit que Desdemona tienne
A replacer Cassio, que sa voix le soutienne,
Vous importune et prie, on pourra mieux juger.
Alors mon sentiment même pourra changer.
Mais qu'elle ait jusque-là liberté tout entière.

OTHELLO.

Va, je sais ménager cette âme tendre et fière,
Adieu.

YAGO.

> Seigneur, enfin je prends congé de vous.

SCÈNE IV.

OTHELLO, seul.

Examinons ceci maintenant. Calmons-nous.
Cet homme est plein d'honneur et plein d'expérience,
Cela donne un grand poids à tant de défiance.
— Si je la trouve ingrate et rebelle à ma voix,
Moi, je la chasserai seule dès cette fois,
Comme l'oiseau léger qu'on voulait faire vivre,
Et qu'en ouvrant la main à tous les vents on livre.
— Tout est possible, hélas ! Il ne faut que me voir,
Tout pourrait s'expliquer par un mot : je suis noir !
Je n'ai pas les regards, les manières civiles,
Les séduisans propos d'un élégant des villes.
Je commence à pencher vers le déclin des ans;
Mais ma vieillesse encor reculera long-temps.
— Non. Je dois la haïr ! Allons ! Elle est perdue !
Je suis trahi ! Douleur ! je vois ton étendue !
Fatalité maudite ! Il est donc arrêté
Que toujours nous serons maîtres de la beauté,
Jamais de ses désirs. Ainsi les grandes âmes

Seront plutôt en butte aux trahisons des femmes

Qu'un vulgaire toujours préféré. C'est un sort.

Qu'on ne peut fuir, réglé, certain comme la mort.

Oui, la fatalité nous connaît dès l'enfance

Et saisit au berceau notre âme sans défense.

(Apercevant Desdemona.)

Desdemona, tu viens! J'en atteste tes yeux,

Si ton cœur est impur, n'en croyons plus les cieux,

Ils se seraient trompés dans leur plus bel ouvrage,

Non, de le croire encor je n'ai plus le courage.

SCÈNE V.

OTHELLO, DESDEMONA et EMILIA , entrent.

DESDEMONA s'appuyant sur son épaule.

Eh bien! cher Othello! ne viendrez-vous donc pas?

Tout dans la citadelle est prêt pour le repas.

Pour répondre aux festins, aux fêtes de la ville

Nous allons recevoir tous les nobles de l'île.

On vous attend.

OTHELLO, après l'avoir considérée un moment sans parler.

J'ai tort; vous seule avez raison.

7

DESDEMONA.

Qu'avez-vous? voulez-vous rester à la maison?
Votre voix est faible.

OTHELLO.

Oui. C'est mon cœur! c'est ma tête!
Je souffre!

DESDEMONA.

Eh bien! venez, n'allons pas à leur fête.
Vous avez trop veillé. Tenez, mettez cela,
Attachez ce mouchoir.

OTHELLO, repoussant et faisant tomber le mouchoir.

Non. Le mal n'est pas là.
Laissez-le fermenter où se guérir lui-même,
Et venez.

DESDEMONA.

Je m'afflige autant que je vous aime.

SCÈNE VI.

EMILIA seule, ramassant le mouchoir.

Ah! je l'ai donc trouvé! le voilà ce mouchoir
Que mon bizarre époux voulait en son pouvoir.

Quel désir enfantin ! Ce gage de tendresse,
Le premier que le More offrit à sa maîtresse,
Est précieux pour elle, et cent fois dans un jour
Je la vois le baiser et lui parler d'amour.
Mais Yago, que veut-il, et que peut-il en faire ?
Je ne sais ! Mais au moins si j'arrive à lui plaire,
A dissiper un peu son effrayant souci,
J'en bénirai le Ciel.....

SCÈNE VII.

EMILIA, YAGO.

YAGO.

Que faites-vous ici ?

EMILIA.

Ah ! ne me grondez pas, j'ai pour vous quelque chose.

YAGO.

Chose bien belle et rare, à ce que je suppose ?
Vous, peut-être ?

EMILIA.

Ah ! méchant ! si vous aviez ceci !
Ce mouchoir précieux, me diriez-vous merci ?

YAGO.

Quoi? quel mouchoir?

EMILIA.

Celui dont fit présent le More,
Qu'hier, que ce matin, vous désiriez encore.

YAGO.

Eh bien! tu l'as pris?

EMILIA.

Non, mais j'ai su le trouver.

YAGO.

Donne-le-moi.

(Il lui arrache le mouchoir.)

EMILIA.

Pourquoi?

YAGO.

J'ai dessein d'éprouver
Quelque chose demain.

EMILIA.

Rien qui nous intéresse,
Je crois, rendez-le-moi, car ma pauvre maîtresse
En perdra la raison.

YAGO.

Qu'on ne soupçonne pas
Que je l'ai. Laissez-moi ; vous suivez tous mes pas.
J'ai besoin d'être seul, allez, je vous en prie.

(Emilia sort.)

SCÈNE VIII.

YAGO.

Oui, l'esprit du plus faible au gré du fort varie.
Une ombre, un mot léger, bagatelles pour nous,
Sont des textes sacrés aux regards d'un jaloux.
Que, trouvé chez Cassio, ceci soit un nuage
Aux autres ajouté pour accroître l'orage.
Mes poisons ont atteint le More. — Les soupçons,
A les analyser, sont vraiment des poisons.
D'abord sur tout notre être ils produisent à peine
Quelque faible dégoût ; bientôt un peu de haine ;
Et puis leur action pénètre jusqu'au sang,
L'irrite, le travaille avec un feu puissant,
Comme cent lourds marteaux qui tombent sur l'enclume,
Ils frappent sur le cœur, et le volcan s'allume.

La preuve, la voilà qui vient..... c'est Othello.

(Il regarde dans la galerie Othello qui s'avance lentement.)

Va, déchire ton cœur, va, ni le feu, ni l'eau,

Les boissons de pavots, d'opium, de mandragore,

Ne pourront te guérir et te donner encore

Ce paisible sommeil que tu goûtas hier.

SCÈNE IX.

OTHELLO, YAGO.

OTHELLO, *se croyant seul et rêvant.*

Envers moi! moi! perfide! A qui donc se fier!

YAGO.

Quoi! vous pensez encor que de vous on se joue?

OTHELLO.

Va-t-en, fuis! va! tu m'as attaché sur la roue!

J'en atteste mes maux, il vaut mieux je le crois

Être toujours trompé que de craindre une fois.

YAGO.

Comment?

OTHELLO.

De ce malheur quel sentiment avais-je,

Aucun. Si l'ignorance est un vrai privilége,
Ce fut alors. Hier quel mal ai-je éprouvé?
J'avais le cœur léger, libre et n'ai pas trouvé
Les baisers de Cassio sur ses lèvres; l'empreinte
En était invisible et j'ai dormi sans crainte.

YAGO.

Vous m'affligez vraiment, je le dis devant Dieu.

OTHELLO, poursuivant sans l'entendre.

J'étais heureux hier. Et maintenant, adieu,
A tout jamais, adieu le repos de mon âme!
Adieu joie et bonheur détruits par une femme;
Adieu beaux bataillons aux panaches flottans;
Adieu guerre, adieu toi dont les jeux éclatans
Font de l'ambition une vertu sublime!
Adieu donc le coursier que la trompette anime,
Et ses hennissemens et les bruits du tambour,
L'étendard qu'on déploie avec des cris d'amour!
Appareil, pompe, éclat, cortége de la gloire!
Et vous, nobles canons qui tonnez la victoire
Et qui semblez la voix formidable d'un Dieu,
(Avec un sourire amer.)
Ma tâche est terminée! A tout jamais, adieu!

YAGO.

Est-il possible hélas ! que....

OTHELLO, avec une fureur subite.

Misérable , écoute !
Je ne souffrirai plus ni faux-fuyant ni doute;
Tu prétends que ma femme a profané son lit !
Songe bien qu'il me faut la preuve du délit,
Ou, par la dignité de mon âme, je jure
Que si tu ne pouvais me prouver son parjure,
Il vaudrait mieux pour toi, malheureux, être né
Sans pain et sur les mers du nord abandonné.

YAGO, effrayé d'être saisi au collet.

En êtes-vous donc là ?

OTHELLO.

Fais-moi voir tout son crime
Comme je vois le jour, ou bien si ta victime...

YAGO.

Seigneur !

OTHELLO.

Si ta victime est ma Desdemona,
Si l'esprit délié que le ciel te donna

Te sert à méditer ma mort et ma torture,

Si tu mens; assassine, offense la nature,

Étouffe les remords et renonce à prier,

Qu'on entende les cieux et la terre crier

A l'aspect des horreurs par toi seul inventées;

Qu'à cette calomnie elles soient ajoutées;

Pour ta damnation que tout soit réuni,

Va; tu n'en seras pas plus ni plus tôt puni.

(Après l'avoir saisi et tenu, il le lâche brusquement et tombe abattu sur un siége.)

YAGO.

Ciel! grâce! qu'ai-je fait? avez-vous votre tête?

Ah ! reprenez ma charge! oui, ma retraite est prête.

Malheureux que je fus de m'attacher à lui,

Pour me voir accuser de mensonge aujourd'hui!

O des hommes du temps perversité profonde!

Jette les yeux sur moi, vois ma disgrace, ô monde!

Vois l'honneur et le bien, le dévoûment perdus

Avec la calomnie et le mal confondus;

Monde! vois le danger d'être honnête, et contemple

Quelle grande leçon dans un si grand exemple!

(à Othello.)

Seigneur, je vous rends grâce et j'en veux profiter,

Puisqu'un attachement si vrai peut susciter

Des outrages pareils; acceptez ma retraite,
Je pars.

(Il veut sortir.)

OTHELLO.

Non, reste ici. Tu devrais être honnête!

YAGO.

Je devrais fuir l'honneur, source des embarras,
Vertu des insensés qui produit les ingrats!

OTHELLO.

Eh bien! je ne sais plus juger de toi ni d'elle,
Je la crois vertueuse et la crois infidèle.
Je veux ou l'adorer ou lui donner la mort;
Cent fois en un instant elle a raison ou tort;
Qu'elle soit criminelle ou que tu sois coupable,
De choisir entre vous je me sens incapable.
Ses traits si beaux, si purs! depuis nos entretiens
M'apparaissent déjà plus hideux que les miens.
— Ah! s'il est des poisons destinés aux infâmes,
Des couteaux, des lacets, des poignards ou des flammes,
Je veux me satisfaire.

YAGO.

Hélas! faut-il, Seigneur,

Poursuivre un entretien fâcheux pour votre honneur?
Le faut-il?

OTHELLO.

Oui. — Je veux des preuves de ta bouche.

YAGO.

Eh bien! puisqu'engagé dans tout ce qui vous touche;
Entraîné par mon cœur et mon zèle insensé
Jusqu'au point que voilà je me suis avancé,
Je vais poursuivre encor, ce rôle m'humilie;
Mais il faut vous servir, vous sauver, je l'oublie.
— Vous le savez, il est des hommes si pervers,
Si délaissés de Dieu, que leurs projets divers,
(Sitôt que le sommeil a chassé le mensonge)
S'échappent de leur bouche ouverte par un songe;
Tel est Cassio. Dans l'ombre, hier, je l'entendis
S'écrier en dormant : O que je la maudis,
Tendre Desdemona, la triste destinée
Qui malgré nos amours au More t'a donnée;
Au moins, pour le garder, cachons notre bonheur...

OTHELLO.

Délire monstrueux!

YAGO.

Ce n'était que l'erreur

D'un songe.

OTHELLO.

    Mais ce songe impur comme leur âme
Était le souvenir d'une journée infâme.

YAGO.

Peut-être.

OTHELLO.

    Elle mourra de ma main.

YAGO.

                   Un moment.
Rien n'est bien sûr encor. — Dites-moi seulement :
Ne vîtes-vous jamais entre ses mains pudiques,
Un mouchoir jaune, orné de fleurs asiatiques?

OTHELLO.

Oui, mon premier présent fut un mouchoir pareil.

YAGO.

Moi, je n'en sais rien, mais... je sais qu'à son réveil
Cassio s'en est hier essuyé le visage.

OTHELLO.

Si c'était celui-là !...

YAGO.

    Pour ma part je le gage.

Et contre elle, ma foi, cela dépose fort.

OTHELLO.

Que ne peut-on donner cent mille fois la mort !
Une seule est bien peu, trop peu pour qu'elle lave
Le crime infâme et bas de ce traître. —O l'esclave
N'a-t-il donc qu'une vie à perdre sous mes coups !—
Tout est vrai, je le vois, tout s'explique pour nous.
Yago, regarde-moi? — C'est ainsi que s'exhale
De cet amour d'enfant la démence fatale;
Il est bien loin de moi. — Levez-vous à présent,
Haine, vengeance, horreur d'un amour malfaisant;
Dédain juste et profond, légitimes colères,
Venez gonfler mon cœur du poison des vipères.

YAGO.

Seigneur ! contenez-vous !

OTHELLO,

Du sang ! du sang ! du sang !

YAGO.

Parlez plus bas. J'entends vos cris en frémissant,
Calmez-vous, écoutez, patience, vous dis-je,
Votre cœur peut changer.....

OTHELLO.

          Non... à moins d'un prodige !...
A moins que de l'Euxin les courans remontés,
N'arrêtent tout-à-coup leurs flots précipités ;
Car c'est ainsi, vois-tu, qu'à la fois élancées
Roulent en se heurtant mes sanglantes pensées.
Dans ce débordement, pour eux, point de recours,
Rien n'en peut ralentir l'inexorable cours,
Que la vengeance, Yago, vaste et profond abîme,
Où s'iront engloutir ma colère et leur crime.

(Se jetant à genoux et élevant la main au ciel.)

Oui, je l'atteste encore, oui, j'en fais le serment
Par l'immuable éclat des feux du firmament.

YAGO se précipitant à genoux à côté d'Othello.

* Ne vous relevez pas. — Flambeaux inextinguibles,

---

          * Do not rise yet !
    Witness , ye ever-burning lights above !
    Ye elements, etc.

   Cette prière, d'un damné profanateur, est en vers dans Shakspeare, ainsi
que tous les monologues d'Yago, tandis que souvent, dans les mêmes scènes,
on lui parle en prose, et lui-même parle en prose à Rodrigo dans les scènes
familières. C'est là qu'est bien démontrée la différence du *récitatif* au *chant*.
Dans cette prière, dans les adieux d'Othello à la guerre, et partout où l'exalta-

De nos jours tourmentés guides purs et paisibles.

Astres, Feux, Élémens, je vous atteste aussi,

Soyez tous les témoins que je lui voue ici

Mon cœur, mon bras, mon âme, et qu'à ses pieds je jure

De sacrifier tout, pour venger son injure.

[OTHELLO.

Eh bien ! qu'avant trois jours Cassio meure par toi.

YAGO.

C'est mon ami.—N'importe il n'est plus rien pour moi;

Ce sera fait demain ; mais sauvons votre femme.

OTHELLO.

L'exterminer, Yago, l'exterminer l'infâme,

L'exterminer ! — Suis-moi, je veux sortir et voir

De quelle arme pour eux il faudra me pourvoir.

De ce vil séducteur, choisissons le supplice !

Quel instrument de mort convient à sa complice;

---

tion de l'âme élève le personnage, j'ai cherché à élever aussi le style. Dans ces morceaux, plus d'enjambemens, de césures rompues ; les vers marchent à plus grands pas, ce me semble, dans ma poésie; dans celle de Shakspeare ils volent.

Qu'en penses-tu ? — Suis-moi, sois à moi, désormais ;
Je te fais lieutenant.

YAGO.

Tout-à-vous pour jamais.

SCÈNE X.

DESDEMONA, ÉMILIA.

DESDEMONA.

Où donc ai-je perdu ce mouchoir ?

ÉMILIA.

Eh ! madame ?
Je ne sais.

DESDEMONA.

S'il n'avait une grande et belle âme
Étrangère aux soupçons vulgaires et jaloux,
Ce motif seul pourrait troubler mon noble époux.

ÉMILIA.

N'est-il pas jaloux ?

DESDEMONA.

Lui ! — Le pur soleil d'Asie,
A du cœur d'Othello chassé la jalousie,

Comme de l'horizon il chasse les vapeurs,

Les orages pesans et les brouillards trompeurs.

Pourtant j'aimerais mieux perdre mille cruzades *,

Que ce mouchoir donné du temps des sérénades.

ÉMILIA.

Il vient.

DESDEMONA,

  Tant mieux, Cassio toujours est exilé;

Je ne le quitte plus qu'il ne soit rappelé,

Et que notre projet enfin ne réussisse.

Bon jour, seigneur.

---

  * I had rather have lost my purse
   Full of cruzadoes.

 La cruzade était une monnaie en usage du temps de Shakspeare; elle était
d'or, et pesait en monnaie anglaise *two penny-weights six grains*, ou *nine
shilings*. Un almanach anglais de l'an 1586 marque les différens poids de
cette monnaie, frappée et marquée d'une croix sous les rois Emmanuel et Jean,
son fils.

8

SCÈNE XI.

DESDEMONA, OTHELLO, ÉMILIA.

OTHELLO.

A part.

Bonjour, noble dame. (O supplice!
Moi, dissimuler! moi!) Votre main, s'il vous plaît.

(Il lui prend la main et l'examine.)

Elle est douce,... elle est blanche aussi comme du lait,
Madame.

DESDEMONA.

Elle n'a pas encor des tristes craintes,
Des chagrins, ni de l'âge éprouvé les atteintes.

OTHELLO.

— Ah! brûlante et moëlleuse! — on m'a dit quelquefois
Comment cela s'explique : Un cœur trop bon. Je crois
Qu'il vous faut à présent quelques jours de retraite,
Jeûnes, privations, liberté moins parfaite.
Quelque rusé démon vous mène en bon chemin!
Vous avez là, madame, une loyale main.

DESDEMONA.

Vous ne vous trompez point; seigneur, car ce fut elle

Qui vous donna mon cœur.

OTHELLO.

Ha! ha! façon nouvelle?
C'était le cœur jadis dont on faisait présent;
Mais on ne donne plus que la main à présent.

DESDEMONA.

Je ne vous comprends pas, mais parlons, je vous prie,
De votre promesse.

OTHELLO.

Ah! quelle plaisanterie!
Qu'ai-je promis?

DESDEMONA.

Cassio va venir pour vous voir.

OTHELLO.

Je souffre. Prêtez-moi, mon amie, un mouchoir.

DESDEMONA.

Voici le mien, seigneur.

OTHELLO.

Non, je voudrais, ma chère,
Celui qu'en vous quittant je vous donnai naguère.

DESDEMONA.

Je ne l'ai pas sur moi.

OTHELLO.

Cela m'étonne fort.

DESDEMONA.

Je ne l'ai pas toujours.

OTHELLO.

Non?

DESDEMONA.

Non.

OTHELLO.

Vous avez tort,
Madame; ce mouchoir, c'est d'une Égyptienne
Que le tenait ma mère. Une magicienne
Si profonde en savoir que sa plume eût écrit
Tous les pensers secrets qui passent dans l'esprit.
Ma mère, avec ce don, eut l'assurance d'elle
Que son mari toujours serait bon et fidèle,
Que de plaire toujours elle aurait le secret
Tant que ce talisman chez elle resterait.
Ma mère en expirant me l'a laissé, madame,
M'a dit de le donner à mon tour à ma femme:
Je l'ai fait. Prenez soin du mouchoir précieux

Comme de la prunelle ardente de vos yeux*;
Le perdre ou le donner serait une infortune
Comme pour vous, madame, il n'en peut être aucune.

DESDEMONA.

Serait-il possible?

OTHELLO.

             Oui. Ce mouchoir a reçu
De magiques pouvoirs glissés dans son tissu.
Celle qui le broda, prêtresse surannée,
Avait vu deux cents fois naître et mourir l'année.
La soie en est sacrée, et filée en un lieu
Que dédie au soleil l'adorateur du feu;
La brillante couleur de sa trame est formée
Des teintes que produit la momie embaumée.

DESDEMONA.

Est-il vrai?

OTHELLO.

       Oui, très-vrai. Prenez-y garde, ou...

---

* I did so : and take heed of t
Make it a darling like your precious eye,
To lose or give't away, were such perdition
As nothing else could match.

DESDEMONA.

Moi!

Je voudrais bien jamais ne l'avoir vu.

OTHELLO, avec emportement.

Pourquoi?

DESDEMONA.

Ah! ne me parlez pas si brusquement.

OTHELLO.

Qu'importe!

Est-il perdu? comment? parlez? de quelle sorte?
Par quel accident?

DESDEMONA.

Dieu!

OTHELLO.

Qu'avez-vous répondu?

DESDEMONA.

Moi? que je me trompais! Non, il n'est pas perdu;
Mais quand il le serait?...

OTHELLO.

Ha!...

DESDEMONA.

Non, je l'ai, vous dis-je.

OTHELLO.

Allez donc le chercher.

DESDEMONA.

Oui, Seigneur, je m'oblige
A vous le présenter, mais pas en ce moment;
Non, je ne le veux pas, Seigneur. Je crois vraiment
Que c'est de votre part une légère ruse
Pour me faire oublier mon projet; une excuse
Pour ne pas accorder la grâce qu'il me faut;
Cassio ne fut trouvé qu'une fois en défaut.

(Elle s'approche d'Othello, qui recule avec dédain.)

OTHELLO.

Montrez-moi ce mouchoir, j'augure mal...

DESDEMONA.

Venise
N'a pas un officier dont tout le monde dise
Tant de bien.

OTHELLO.

Le mouchoir!

DESDEMONA, se rapprochant.

De grâce, parlez-moi
De Cassio.

OTHELLO , l'évitant encore.

Le mouchoir!

DESDEMONA.

Il a fondé sur toi

Sur toi seul, Othello, l'espoir de sa fortune;

Vos périls sont égaux, votre vie est commune.

OTHELLO , avec fureur.

Le mouchoir!

DESDEMONA.

Ah! vraiment, le ton dont vous parlez

Mériterait de moi des reproches.

OTHELLO.

Allez!

(Il la repousse du bras et sort.)

SCÈNE XII.

EMILIA.

Sans doute il est jaloux; mais qui peut lui déplaire?

DESDEMONA.

Jamais je ne l'ai vu transporté de colère;

Il m'épouvante. Hélas! quel charme a ce mouchoir?
Comment l'ai-je perdu? que ne puis-je l'avoir?
Que je suis malheureuse!

(Elle sort.)

SCÈNE XIII.

EMILIA seule.

Ah! coupable contrainte!
Je n'écouterai plus ma faiblesse et ma crainte;
Je cours... je leur dirai que mon mari... mais quoi!...
Ce caprice du More est frivole, je croi.
Ce courroux d'un moment s'attache à peu de chose,
Et même il vient peut-être aussi d'une autre cause.
Yago, si je disais ce mouchoir dans sa main,
S'irriterait encore... attendons à demain.

(Elle sort.)

FIN DU TROISIÈME ACTE.

ACTE IV.

—

SCÈNE PREMIÈRE.

(Une galerie du palais.)

OTHELLO, YAGO.

OTHELLO.

Yago, procure-moi du poison pour ce soir :

(avec amour.)

Je ne l'entendrai pas, c'est assez de la voir !
Je crains que sa douceur désarme ma vengeance.
Je ne lui dirai pas un mot.

YAGO.

Point d'indulgence !
Renoncez au poison, l'étouffer est plus prompt.
Sous ces mêmes rideaux complices de l'affront.

OTHELLO.

Oui, cette mort est juste. Eh bien ! je m'y décide.

YAGO.

Quant à Cassio, sur moi, je prendrai l'homicide.
Je m'en charge; il ne va qu'où mon doigt le conduit!
Et vous en saurez plus ce soir même à minuit.

(on entend une trompette.)

OTHELLO.

Qu'entends-je là?

YAGO.

Je vois le plumet et la toge.
Qui distingue à Venise un envoyé du doge.
Ha! c'est Lodovico, votre femme avec lui.

SCÈNE II.

Les précédens, LODOVICO, DESDEMONA, suite.

LODOVICO, à Othello.

Le doge et le sénat dont vous êtes l'appui
Vous offrent leurs saluts.

(il présente un paquet de lettres à Othello.)

OTHELLO.

Avec respect je baise

(il baise les lettres et les lit.)

Leurs ordres souverains.

LODOVICO.

> J'attendrai qu'il vous plaise
> De répondre à cela. Pendant qu'il lit, venez
> Ma cousine, en entrant nous fûmes étonnés
> De ne pas rencontrer Cassio sur la jetée.

DESDEMONA.

Quelque division entre eux deux excitée
A semé la tristesse et le deuil parmi nous,
Mais vous l'apaiserez aisément.

OTHELLO, l'entendant,

> Croyez-vous?

DESDEMONA.

Quoi! seigneur?

OTHELLO, lisant.

> Partez donc sans tarder davantage.

LODOVICO.

Il ne vous parlait pas, mais lisait ce message.
Et n'est-il plus entre eux nul accommodement?

DESDEMONA.

Hélas! je le voudrais, quant à moi, seulement
Par l'amitié que j'ai pour Cassio.

OTHELLO, à part.

Feux! tonnerre!

DESDEMONA.

Seigneur?

OTHELLO.

Avez-vous bien votre sens ordinaire?
On ne le croirait pas.

DESDEMONA.

Monseigneur, pourquoi non?

OTHELLO, avec fureur.

Pourquoi?...

DESDEMONA.

Mais, oui, pourquoi?

OTHELLO.

Va, perfide, démon.

(Il la frappe avec les papiers qu'il tient à la main.)

DESDEMONA.

Avais-je mérité ce traitement infâme!

(elle pleure.)

LODOVICO.

Seigneur, si je disais ce qu'a souffert madame,-

Personne dans Venise entière n'y croirait.

OTHELLO.

Sortez.

LODOVICO.

Elle est en pleurs. Qu'un regard d'intérêt
Fasse oublier ceci. Dites une parole
Qui calme son chagrin, seigneur, et la console.
J'admire sa douceur.

OTHELLO, à Desdemona.

(à Lodovico.)

Revenez. La voilà.

Que lui voulez-vous?

LODOVICO.

Moi?

OTHELLO.

Oui, vous. Regardez-la,

(avec ironie.)

Vous aimez la beauté que la douceur décore;
Elle sait s'en aller, puis revenir encore,

(à Desdemona avec colère.)

Elle pleure ou sourit, elle est douce. — Oui, pleurez,
Pleurez, — elle dira tout ce que vous voudrez,

(il rit en parlant.)   (à Desdemona.)

Elle est douce, oui! très-douce.— O perfidie infâme.

(à lui-même.)   (à Desdemona.)

On m'appelle à Venise. — Allez, sortez, madame.

(à Lodovico.)   (à Desdemona.)

Seigneur, j'obéirai..... Je vous dis de sortir.

(à Lodovico.)   (elle sort.)

Aux ordres du sénat, seigneur, sans repentir;

Et je compte me rendre à Venise au plus vite.

A souper avec moi ce soir je vous invite.

Veuillez me pardonner quelque distraction,

Soyez le bien venu.

(en sortant.)

— Grand Dieu! corruption!

Corruption!

(il suit Desdemona.)

SCÈNE III.

YAGO, LODOVICO.

LODOVICO, le regardant se retirer.

Eh! quoi! c'est là ce noble More

Que dans tous ses revers la république implore,

Qu'illustre le sénat, qu'une commune voix

Appelle à décider des combats et des lois?
Est-ce donc là cette âme et ce grand caractère
Qu'on vit aux passions s'offrir toujours austère;
Et ce ferme courage où venaient se briser
Tous les coups du destin qu'il savait maîtriser?
Est-ce donc Othello?

YAGO, soupirant d'un air hypocrite.

> Moi, je ne sais qu'en dire?

LODOVICO.

Sur lui-même autrefois il avait tant d'empire!
On croirait aujourd'hui son esprit dérangé.
Est-ce bien Othello?

YAGO.

> Certe il est bien changé!

LODOVICO.

Frapper sa femme!

YAGO.

> Hélas! je voudrais, je vous jure,
> Qu'il ne lui fît jamais de plus sanglante injure!

LODOVICO.

Les lettres du sénat, Seigneur, assurément,
Ne le jetteraient pas dans cet emportement?

YAGO.

Hélas! je ferais mal de dire ce qu'on pense
Et tout ce que j'ai vu. Mais j'observe en silence;
Ayez bien l'œil sur lui. Moi, je suis alarmé.

LODOVICO.

J'ai regret à présent de l'avoir tant aimé.

(Ils sortent en parlant avec chaleur et plus bas.)

SCÈNE IV.

OTHELLO, EMILIA.

OTHELLO, sombre, mais calme, et d'un air scrutateur.

Vous n'avez donc rien vu qui témoignât contre elle?

EMILIA.

Rien.

OTHELLO.

Ni regard douteux, ni parole infidèle?

EMILIA.

Je n'ai rien entendu, ni rien soupçonné.

9

OTHELLO.

Mais
Vous les vîtes souvent se parler bas?

EMILIA.

Jamais.

OTHELLO.

Jamais ils n'ont paru désirer votre absence?

EMILIA.

Jamais. J'attesterai cent fois son innocence.
Si quelqu'autre pensée abuse vos esprits,
Chassez-la. Si quelqu'un, seigneur, vous a surpris
Par ce zèle trompeur qui blesse en voulant plaire,
Puisse le juste Ciel accabler pour salaire
Ce perfide inconnu, cet infâme imposteur,
De la punition du serpent tentateur.
Je jure sur ma vie encor qu'elle est fidèle,
Nulle femme ne fut sage si ce n'est elle,
Nul mari ne doit être heureux si ce n'est vous.

OTHELLO.

Allez et dites-lui de venir près de nous.

(Emilia sort.)

SCÈNE V.

OTHELLO seul, regardant aller Emilia.

C'est une femme adroite et dont le témoignage
Est nul. Eh! pourrait-elle en dire davantage?
Elle soutient son rôle effronté; son maintien
Cache un cœur plein de crime et d'infamie... Eh bien!
Ce soir on la verra, que le Ciel lui pardonne!
A genoux, priant Dieu devant une Madone.
Je l'ai vue une fois.

SCÈNE VI.

OTHELLO, DESDEMONA, EMILIA.

DESDEMONA.

Seigneur, que voulez-vous?

OTHELLO, ironiquement.

Venez, ma bien-aimée, allons, regardez-nous!

DESDEMONA.

Vous voulez voir?...

OTHELLO, durement.

Vos yeux; je veux les voir en face;
Regardez-moi !

DESDEMONA.

Seigneur, vous m'effrayez ! De grâce,
Quel horrible projet vous saisit?

OTHELLO, à Emilia, avec une ironie cruelle.

Deux amans
Ont besoin d'être seuls en de pareils momens,
Vous le savez, je crois, depuis long-temps, madame.
Quand on vient, vous frappez pour avertir ma femme,
N'est-il pas vrai? Sortez, vite, allez, laissez-nous !

(Emilia sort.)

(Othello reste long-temps la main sur la clé, qu'il a tournée deux fois, et
regarde Desdemona avec des yeux terribles.)

DESDEMONA, à genoux.

A vos genoux, Seigneur, Seigneur, à vos genoux,
Je demande en tremblant ce qui peut vous déplaire.
Au fond de vos discours je vois votre colère ;
Mais cependant, Seigneur, je ne la comprends pas.

OTHELLO, d'un ton féroce.

Quelle es-tu?

DESDEMONA.

Votre femme, attachée à vos pas
Comme une esclave; oui, oui, votre fidèle femme.

OTHELLO.

Viens me jurer cela! Jure, et damne ton âme,
Car en voyant tes traits célestes, je le croi,
L'enfer hésiterait à s'emparer de toi.
Viens donc pour te damner, et, par un double crime,
Dis que tu t'es conduite en femme légitime,
Fidèle à son serment.

DESDEMONA.

Le Ciel le sait, Seigneur.

OTHELLO.

Le Ciel sait que l'enfer est moins noir que ton cœur.

DESDEMONA.

Moi! qu'ai-je fait, Seigneur, et par qui condamnée?
Envers qui criminelle? O fatale journée!

OTHELLO, s'appuyant contre le mur, puis tombant sur un fauteuil.

Ah! Desdemona! va loin de moi!

DESDEMONA.

Vous pleurez !

Et pourquoi pleurez-vous ? qu'ai-je fait ? Vous croirez,

Oui, vous croirez peut-être, hélas ! que c'est mon père

Qui vous fait rappeler ; il n'en est rien, j'espère ;

Mais ne m'accusez pas ; s'il vous poursuit ainsi,

Je ne dois plus le voir, et je le perds aussi.

OTHELLO, parlant sans la regarder.

Si le Ciel me frappant d'une plaie inconnue,

D'une grêle de maux chargeant ma tête nue,

Eût fait pleuvoir sur moi chagrins et pauvreté,

M'enlevant à la fois l'honneur, la liberté,

L'espoir lui-même... alors, dans mon expérience,

Dans ma raison, j'aurais cherché la patience...

Mais en butte au mépris railleur, qui toujours là

Vous désigne du doigt... Eh bien ! encor cela,

Oui, cela même encor, en frémissant de rage,

De l'endurer long-temps j'aurais eu le courage.

Mais l'asile adoré, le tabernacle d'or

Où j'avais de mon cœur déposé le trésor,

La source où je puisais et rapportais ma vie,

M'en arracher moi-même et me la voir ravie,

Ou bien la conserver lorsque son flot d'azur

Est tout empoisonné comme un marais impur!

Lequel de vous, Esprits de gloire et de lumière,

Lequel de vous, quittant sa pureté première,

Et, comme je le fais, s'armant d'un cœur de fer,

N'en deviendrait plus dur et plus noir que l'enfer.

DESDEMONA.

Du moins, vous me croyez vertueuse?

OTHELLO, se levant et la contemplant avec une mélancolie profonde.

O misère!

Comment t'es-tu flétrie! ô toi, fleur solitaire!

O fleur si belle à voir et dont le pur encens

A ton approche seule enivrait tous les sens.

Je voudrais que le Ciel ne t'eût jamais fait naître!

DESDEMONA.

Hélas! j'ai donc fait mal sans le savoir peut-être?

OTHELLO.

Ce que vous avez fait? ô femme sans honneur!

Il faudrait pour le dire être aussi sans pudeur!

Le jour en le voyant se détourne de honte,

Et votre ange effrayé vous maudit et remonte.

DESDEMONA.

Ah! vous m'injuriez, seigneur, et par quel nom!

OTHELLO.

Eh! quoi! n'êtes-vous pas une adultère?

DESDEMONA.

Non!

Comme je suis chrétienne!

(Elle retombe à genoux en élevant les mains au ciel.)

OTHELLO.

Est-il vrai?

DESDEMONA, toujours à genoux.

Sur mon âme!

Sur mon salut! si c'est être une honnête femme
Que chérir ses devoirs et les accomplir tous.

OTHELLO, ironiquement.

Vraiment?

DESDEMONA effrayée.

Hélas! Seigneur, que Dieu veille sur nous!

OTHELLO, avec le plus profond mépris en la relevant.

Pardon! je me trompais, et ma vue abusée
M'avait montré dans vous cette femme rusée,

Courtisane à Venise et fille sans raison,

Qui, pour suivre Othello, déserta sa maison.

(A Emilia qui rentre.)

Vous dont la mission est honnête et secrète,

Recevez cet argent et soyez bien discrète.

(Il lui jette une bourse, rit amèrement en regardant Desdemona à demi évanouie, et Émilia
interdite, puis il sort.)

SCÈNE VII.

EMILIA, DESDEMONA.

EMILIA.

Qu'a donc rêvé cet homme? et que dit-il de nous?

Dieu! que vous êtes pâle! ah! mon Dieu! qu'avez-vous?

DESDEMONA.

Moi, je crois que j'ai fait un songe.

EMILIA.

Sa colère,

D'où vient-elle?

DESDEMONA.

Quoi donc?

EMILIA.

Qui vient de lui déplaire?

DESDEMONA.

A qui?

EMILIA.

Qui?.. Monseigneur!.. J'entendais en entrant...

DESDEMONA. (Elle fond en larmes et pleure long-temps.)

Ah! tais-toi... Je ne puis répondre qu'en pleurant.
Ce soir tu placeras sur mon lit, déployée,
La robe que j'avais quand je fus mariée.
N'y manque pas, et cours appeler ton époux.
Qu'il vienne me parler.

(Emilia sort.)

DESDEMONA seule, en pleurant.

Dieu nous a jugés tous.
J'avais bien mérité les dédains qu'une fille
Attire sur sa tête en fuyant sa famille;
Mais ce reproche amer, ce honteux souvenir,
Était-ce d'Othello qu'il aurait dû venir.
Non. Me calomnier, soupçonner, méconnaître,
Pour tout autre que lui serait juste peut-être,
Oui, bien juste. Mais lui! Qu'ai-je dit, qu'ai-je fait
Qui me charge à ses yeux d'un aussi grand forfait?

SCÈNE VIII.

YAGO, ÉMILIA, DESDEMONA.

YAGO.

Qu'ordonnez-vous, madame, et qu'avez-vous?

DESDEMONA.

Que sais-je?

Le maître d'un enfant réprimande et protége,
Il adoucit sa voix, il caresse en grondant;
Car s'il veut le punir, il l'aime cependant,
Othello devait faire ainsi, car dans l'enfance
On n'est pas plus que moi sans force et sans défense.

YAGO.

Qu'a-t-il fait?

ÉMILIA.

Ce cœur pur dont il était épris
Il vient de l'accabler d'outrage et de mépris,
Il oublie et son rang et celui de sa femme
Au point de la traiter de perfide et d'infâme.

YAGO.

Que Dieu nous soit en aide! et d'où vient sa fureur?

DESDEMONA.

Dieu le sait !

EMILIA.

Plaise au ciel que je sois dans l'erreur,
Mais je le jurerais, c'est quelque traître encore
Qui par ambition vient d'abuser le More,
Quelque flatteur adroit qui s'attache à ses pas;
Je consens à mourir si tout cela n'est pas.

YAGO.

Est-il homme pareil au monde? est-ce possible?

DESDEMONA.

Que Dieu lui pardonne !

ÉMILIA.

Ah! moi je suis moins sensible!
Pour un tel scélérat j'aurais un cœur de fer,
Et le voudrais passant du gibet à l'enfer !
(A Yago.)
Si je le connaissais ! c'est le même peut-être
Qui vous fit voir aussi dans l'amiral un traître,
Quand vous le soupçonniez de jeter l'œil sur moi.
—Que ne peut-on livrer aux verges de la loi
Ces scélérats obscurs qui vont troubler vos âmes
En jetant des soupçons sur l'honneur de vos femmes!

Qui voit-on chez madame, et qui lui fait la cour?
En quel lieu, dans quel temps s'est formé cet amour?

YAGO.

Ne vous emportez pas ainsi, femme imprudente !

DESDEMONA.

Cher Yago, le chagrin d'Othello m'épouvante.
Je crois perdre son cœur et ne sais pas comment;
Allez, et dites-lui que dans aucun moment
Son amour n'a cessé de suivre ma pensée.
Que même de ses torts je ne suis point blessée,
Que je l'aime et toujours l'aimai; que malgré lui
Sa femme était encor son esclave aujourd'hui;
Qu'il me verra sans cesse obéissante et douce,
Jusques dans le divorce où cet éclat nous pousse,
Et que sa dureté peut détruire en un jour
Ma vie et ne peut rien jamais sur mon amour.

YAGO.

Calmez-vous, ce sont là les chagrins ordinaires
Que jette en nos cerveaux le trouble des affaires.
C'est Venise qu'il gronde en vous, cela n'est rien,
L'ambassadeur attend. Rentrez, tout ira bien.

(Il reconduit Desdemona jusqu'à la porte de la galerie, qui se trouve à droite de la scène;
au moment où il revient seul, il se trouve nez à nez avec Rodrigo.)

SCÈNE IX.

RODRIGO, YAGO.

YAGO.

Ah! vous voilà?

RODRIGO.

Moi-même. Il faut, sans plus se taire,
De vos façons d'agir m'expliquer le mystère.
Vous me trompez.

YAGO, effrontément.

La preuve?

RODRIGO.

Elle est simple à donner,
Vous n'avez pas le droit de vous en étonner,
Quand pour Desdemona que vous disiez rebelle
J'ai mangé tout mon bien. Pour fléchir notre belle,
Or, bijoux, diamans, rubis, colliers, parfums,
Des dons qu'il vous fallait je n'épargnais aucuns,
Enfin j'en ai versé dans votre main fatale
Assez pour acheter l'honneur d'une vestale;

Vous me les avez dit reçus, mais en retour
Moi je n'obtiens jamais un seul regard d'amour.

YAGO.

Fort bien ! poursuivez !

RODRIGO.

                    Oui ! oui ! je veux bien poursuivre,
Et je viens pour cela ! je ne prétends pas vivre
En étourdi, jouet de votre trahison,
Et de vous, aujourd'hui, je me ferai raison.

YAGO.

Vous avez dit ?

RODRIGO.

          J'ai dit, et j'agirai peut-être.

YAGO.

Eh bien ! je vois en vous un cœur ferme, mon maître !
Touchez-là ! c'est parler ; j'ai suivi tous ses pas,
Tous dans votre intérêt.

RODRIGO.

               Je ne m'en doutais pas !

YAGO.

Il y paraissait peu, je l'avoue, et vos doutes

Prouvent un esprit fin. Mais de toutes les routes,
La plus sûre parfois est la plus longue. Ami,
Je n'ai pas adopté votre cause à demi;
Et si dès cette nuit vous n'enlevez sa femme,
Tenez-moi pour un fourbe et qu'on m'arrache l'âme.

RODRIGO.

Quoi donc! ai-je vraiment quelque lueur d'espoir?...

YAGO.

Des ordres sont venus de Venise, et ce soir
Cassio doit remplacer Othello.

RODRIGO.

Ma surprise
Est bien grande. Il va donc retourner à Venise?

YAGO.

Bien plus loin, en Afrique, à moins que son séjour
Ne soit, par un bon coup, prolongé plus d'un jour.
A moins que votre main diligente et jalouse
N'y veille, il vous prendra sa jeune et belle épouse.
Écartons ce Cassio.

RODRIGO.

Mais comment l'écarter?

YAGO.

Comment? rien de plus simple, en lui faisant sauter
Ce reste de cerveau qui fait jaser sa tête.

RODRIGO.

Je dois faire cela?

YAGO.

Toute l'affaire est prête.
Après souper, ce soir, je vais vous l'envoyer,
Entre une heure et minuit nous irons l'épier
Au détour de la rue, et, prenant votre belle,
Vous pousserez la botte, alors s'il est rebelle
Je vous seconderai; je serai sur vos pas.

RODRIGO.

Cher Yago, c'est fort bien, mais je ne voudrais pas
Assassiner un homme.

YAGO.

Eh, mon Dieu! pour une heure
Venez en conférer dans ma propre demeure,
Et je vous montrerai si bien l'arrêt du sort
Sur le front de Cassio, que vous voudrez sa mort.

RODRIGO.

Mais pourtant...

10

YAGO.

Taisez-vous...

RODRIGO.

Un ami...

YAGO.

Que m'importe !
Le souper va finir. — Allons, ouvrez la porte,
Sortez, vous restez là tout ébahi !

RODRIGO.

Mais quoi !
N'avais-je pas le droit de demander pourquoi ?

YAGO.

Vous le saurez, je vais vous ôter tout vestige
De scrupule...

RODRIGO.

Et comment ?...

YAGO.

A l'action, vous dis-je.

(Ils sortent à gauche de la scène, Othello entre du côté opposé.)

SCÈNE X.

OTHELLO, avec DESDEMONA, EMILIA, reconduisent
LODOVICO, envoyé du Sénat.

LODOVICO.

Seigneur, de m'honorer vous prenez trop de soin ;
Vous me rendez confus ; ne venez pas plus loin.

OTHELLO, d'une voix sombre.

L'air me fera du bien !

LODOVICO.

Madame, je souhaite
Que la nuit vous soit douce et calme. Je m'apprête
A vous quitter.

DESDEMONA, à Lodovico.

Je suis heureuse de l'honneur
Que vous nous avez fait.

OTHELLO, soupirant.

Desdemona !

DESDEMONA.

Seigneur!

OTHELLO.

Retirez-vous, allez. Couchez-vous tout de suite. *
Je reviens à l'instant. Renvoyez votre suite;
N'y manquez pas !

DESDEMONA.

Seigneur, j'obéirai.

OTHELLO, à Lodovico.

Passez.

(Ils sortent.)

---

* Get you to bed on the instant. J will be
Return'd forthwith. Dismiss your attendant there.
Ceci est traduit littéralement et toute cette scène est évidemment faite
pour qu'on entende Othello donner cet ordre.

SCÈNE XI.

DESDEMONA, EMILIA.

(La scène change et représente un cabinet de toilette de Desdemona.)

(Pendant cette scène, Desdemona doit peu à peu se déshabiller.)

EMILIA.

Comment vous trouvez-vous? Ses discours moins glacés,
Moins durs que ce matin, sont d'un meilleur augure.

DESDEMONA.

Le cœur ne se lit pas toujours sur la figure.
Il m'a dit qu'il fallait (cela va t'effrayer)
Rentrer chez moi, l'attendre, et puis te renvoyer.

EMILIA.

Quoi! me renvoyer!

DESDEMONA.

Oui! Comme il est en colère,
Ce n'est pas à présent qu'il faudrait lui déplaire.
Donne mes vêtemens. Adieu. C'est convenu.

EMILIA.

Je voudrais que jamais vous ne l'eussiez connu!

DESDEMONA.

Je ne le voudrais pas, moi; car vraiment je l'aime
Jusqu'en son humeur brusque et dans ses dédains même.
Ils ont (délace-moi vite, je serai mieux)
Du charme pour mon cœur, de la grâce à mes yeux.

EMILIA.

Tout votre habit de noce est sur le lit.

DESDEMONA.

N'importe!...
Mon père! hélas! j'ai fui le seuil de votre porte,
Mon bon père! Ah! combien nos cœurs sont insensés!
— Je veux qu'en ces habits mes restes soient placés.
Si je meurs avant toi, tu le feras, j'espère,
Dans mes robes de noce. — O mon père! ô mon père!

(Elle pleure).

EMILIA.

Madame, au nom du ciel, ne dites pas cela.

DESDEMONA.

(Elle fait arranger lentement ses cheveux devant une glace; pendant ce
temps Emilia s'arrête, lorsqu'elle
rêve et chante.)

Ma mère avait près d'elle une esclave, et voilà
Que, malgré moi, je pense; elle était Africaine;

On la nommait Joël; une éternelle peine
L'accablait; son amant, devenu fou, je crois,
L'avait abandonnée; il semble que sa voix,
Comme je l'entendais, frappe encor mon oreille;
Elle chanta long-temps une chanson bien vieille,
Une chanson de saule et de fatal amour; *
Elle mourut très-jeune, et jusqu'au dernier jour
Elle redit cet air, dont les vers et l'histoire
Ne peuvent aujourd'hui sortir de ma mémoire.
Peu s'en faut que mon front ne tombe malgré moi,
Comme le sien tombait en chantant. Hâte-toi,
Je t'en prie, à mes yeux la lampe se dérobe.

EMILIA.

Irai-je pour la nuit chercher une autre robe?

DESDEMONA.

Non, détache ces nœuds seulement. — J'ai trouvé
Lodovico fort bien, son langage élevé,
Gracieux.

EMILIA, cherchant à la distraire.

J'ai connu dans Venise une dame

---

* he had a song of willow...

Qui brûlait tellement de devenir sa femme,
Que, pour en obtenir un instant de pitié,
Elle eût fait un voyage en Palestine à pied.

DESDEMONA, rêveuse, récite ou chante des vers. Emilia n'ose lui parler.

La pauvre enfant était assise
Sous un sycomore penché.
Son front sur ses genoux caché,
Sa main sur son cœur, qui se brise.

Chantez le saule, chantez tous,
Le saule pleure comme nous.

EMILIA.

Je voudrais cette nuit rester auprès de vous.

DESDEMONA poursuit sans l'écouter.

Le ruisseau frais, au pied de l'arbre,
Coulait près d'elle en murmurant.
Elle parlait en soupirant.
Ses pleurs auraient usé le marbre.

Il va rentrer bientôt; dépêche-toi! *Chantez*
Le saule vert, le saule..... Il revient; écoutez.

Que nul d'entre vous ne le blâme !

Mieux que vous je connais son âme.

J'aime et j'approuve ses dédains ! . . .

. . . .

Non. Ce n'est pas ainsi que ce couplet commence,
Et je ne puis jamais achever la romance.
Qui frappe donc? Écoute! Entends-tu?

EMILIA.

C'est le vent.

DESDEMONA.

Ah! c'est vrai. Bonne nuit. Va-t-en. Mon Dieu, souvent
Mes yeux me font bien mal. Brûlans comme une flamme,
Cela présage-t-il des pleurs?

EMILIA

Eh! non, madame.

DESDEMONA.

On me l'a toujours dit. — Ah! ces hommes! — crois-tu,
Dis-le moi, que parfois des femmes sans vertu,
Sans honneur, aient osé trahir la foi jurée?..

EMILIA, souriant.

Mais, madame...

DESDEMONA.

Crois-tu qu'à ce point égarée,
Tu voudrais pour un monde entier y consentir?

EMILIA, cherchant.

Pour un monde, madame, un monde, sans mentir,
Ne voudriez-vous pas?

DESDEMONA.

Non! Par cette lumière
Du ciel!

EMILIA.

Par la lumière? Ah! je suis la première
A dire non aussi, mais la nuit!

DESDEMONA.

Quoi! vraiment!
Oh! non! je ne veux pas l'écouter, elle ment.

EMILIA.

Bah! votre opinion de ce péché se fonde
Sur l'avis général établi dans le monde;
Mais s'il était à moi ce monde, on en ferait
Bien vite, une vertu qu'on y respecterait.

DESDEMONA.

Et moi je ne crois pas que ces femmes existent.

EMILIA.

Eh! madame, entre nous, s'il en est qui résistent,
C'est...

DESDEMONA.

Bonne nuit, va-t-en, il est bien tard, adieu.

(Emilia sort.)

Tous les jours de ma vie, inspirez-moi, grand Dieu!
Le mépris que je sens pour ces propos infâmes,
Et faites qu'en plaignant l'erreur des autres femmes
Et dédaignant toujours leur exemple fatal,
Je me corrige encor en présence du mal.

Elle prend un chapelet et son livre de prières, le lit, rêve, et puis elle sort et passe dans sa chambre
à coucher.

FIN DU QUATRIÈME ACTE.

ACTE V.

SCÈNE PREMIÈRE.

(Une rue écartée et sombre de Chypre. — Il est nuit.)

YAGO ET RODRIGO.

YAGO.

Place-toi, mon ami, derrière la muraille.
Tire-moi bravement ta lame de bataille.
Cassio va revenir. L'épée au poing! C'est bien.
Plonge-la dans son cœur. Sois ferme! ne crains rien;
Je serai là. Ce coup sauve ou perd notre affaire;
Songes-y. Prends bien garde à ce que tu vas faire.

RODRIGO.

Mais tiens-toi près de moi : je peux manquer mon coup.

YAGO.

Es-tu content? je suis sous ton bras.

RODRIGO, à part.

Pas beaucoup !

Il m'a bien donné là des raisons excellentes ;

Mais je hais tout ceci. Ces actions sanglantes.....

Bah ! qu'importe ! Après tout ce n'est qu'un homme mort.

Je ferai ce qu'il veut, mais je crois que j'ai tort.

(Il va à son poste.)

YAGO, sur le devant de la scène.

J'ai tant envenimé sa récente blessure,

Que le voilà parti. Mon entreprise est sûre.

A présent, que Cassio meure ou le tue, ou bien   *

Qu'ils meurent tous les deux, cela ne me fait rien.

Si Rodrigo survit à l'affaire, il est homme

A venir réclamer les bijoux et la somme

---

* Now ; whether he kill Cassio
Or Cassio him , or each do kill the other,
Every way makes my gain.

Voici le dernier des sombres monologues d'Yago, caractère puissant qui est posé là comme la clef de la voûte et la base de l'édifice. Je ne puis relire ce rôle sans me rappeler la justesse avec laquelle M. Perrier est entré dans la pensée intime du personnage , la souplesse et la vigueur de son jeu, et sa variété savante. Il était digne de la grande tâche qu'il a accomplie en créant sur notre scène ce caractère qui semble le type des Tartuffe, des Méphistophélès, des Figaro, des Bégearss et des Don Juan, rôle qui rassemble tous ces traits dans la création de Shakspeare.

Dont je l'ai dépouillé : cela ne sera pas.

D'autre part, si Cassio se dérobe au trépas,

Je demeure éclipsé par l'éclat de sa vie.

Le More et lui pourront s'entendre. Oh! mon envie

De le voir disparaître est juste, et je prétends

Ne pas l'attendre au coin des bornes plus long-temps.

J'entends quelqu'un; c'est lui.

RODRIGO, au coin de la rue.

(Il s'élance de son poste, et porte une botte à Cassio.)

C'est lui! c'est lui! meurs, traître!

CASSIO.

Ma foi, sans mon manteau, c'était fait. Ah! mon maître,

C'est moi qui vais percer le tien.

(Il tire son épée et frappe Rodrigo.)

RODRIGO.

Ah! je suis mort!

(Yago frappe Cassio à la jambe et s'en va.)

CASSIO.

Au meurtre!

(Yago achève Rodrigo.)

RODRIGO, mourant, à Yago.

Scélérat!

OTHELLO traverse la scène dans la nuit enveloppé d'un manteau.

               Cassio se meurt. Le sort
Pas à pas s'accomplit. Yago tient sa promesse.
Il a frappé l'amant, je marche à la maîtresse.
Femme, ton bien-aimé t'attend, et ton destin
Est de l'aller trouver avant demain matin.
En entendant ces cris, j'ai honte qu'elle vive!
Fidèle Yago, j'y vais! Attends femme, j'arrive.
Ton sang bientôt versé par mon bras satisfait
Va couler sur ce lit qu'a souillé ton forfait.

(Il sort à grands pas, marchant vers son palais et mettant la main sur son poignard.)

LODOVICO entre de l'autre côté avec ses gens sans flambeaux.

J'entends gémir deux voix. Mais la nuit est bien sombre.
Avancez prudemment et lentement dans l'ombre;
Ce pourrait être un piège. Approchons, j'aperçois
Un homme armé qui tient une lampe, je crois.

YAGO, accourant à demi-déshabillé, avec une lampe.

Qui va là? répondez. Quel blessé nous appelle?
Quoi! c'est vous, lieutenant? Etait-ce une querelle?

CASSIO.

Ce sont des assassins; l'un d'eux est mort ici.

YAGO.

Les autres, où sont-ils? Je crois que les voici.

(Il crie à Lodovico.)

N'approchez pas de moi. Nommez-vous? parlez vite.

LODOVICO.

Jugez chacun de nous, Seigneur, par sa conduite.
Nous restons à deux pas.

YAGO.

             Excusez-moi, Seigneur!
Noble Lodovico; mais dans un tel malheur,
Au milieu des brigands, de tous on se méfie.
C'est notre ami Cassio, déjà presque sans vie.
Si vous pouviez m'aider à l'emporter chez moi.

CASSIO, qu'on transporte.

Merci, mon brave Yago.

YAGO, à part.

             Je veillerai sur toi!
Car c'est dans cette nuit où va gronder l'orage,
Que ma barque doit vaincre ou subir le naufrage!

(Ils entrent dans une maison.)

SCÈNE II.

Une chambre à coucher. — Desdemona endormie sur son lit, à moitié déshabillée, en robe blanche, nu-pieds, ses cheveux noirs épars.)

OTHELLO entre tenant dans sa main gauche une lampe, dans la droite une épée.)

C'est la cause, ô mon âme! et vous la connaissez *
La cause, qui m'amène au meurtre! c'est assez!
Étoiles qu'on adore en votre chaste empire,
La cause, sous vos yeux je n'oserais la dire!
Je ne verserai pas son sang, et mon dessein
Ne me conduira pas à déchirer ce sein
Si beau, que l'on croit voir, à la lampe bleuâtre,
Sur un tombeau de marbre une image d'albâtre.

(Il pose son épée et sa lampe sur une table.)

---

* It is the cause, it is the cause, my soul.

Ce brusque début doit être conçu comme la suite d'une profonde réflexion intérieure dont l'expression s'échappe de ses lèvres dans la violence de son désespoir. Le désordre de ces premières paroles sera mieux expliqué par tout homme dont le cœur a été blessé que par les commentaires de Johnson et de Steevens qui ajoutent froidement des paroles de rechange en marge de ce monologue pour lui servir de préface.

11

Cependant, il faut bien qu'elle meure, il le faut,
Car elle trahirait d'autres hommes bientôt.
— Éteignons ce flambeau, puis éteignons sa vie.
— Si la flamme une fois, par ma main, t'est ravie,
J'ai, pour la ranimer, le temps du repentir,

(En regardant Desdemona.)

Lampe ardente! mais toi qui vas t'anéantir,
Ouvrage le plus beau qu'ait formé la nature!
Où retrouver encor, divine créature,
Ce feu qui te donna la vie, et qu'autrefois
Dieu pour chacun de nous n'alluma qu'une fois?
Le destin l'a voulu; lorsqu'une main profane
Vient de cueillir la rose, il faut qu'elle se fane;
Mais celle-ci, du moins, je veux la respirer!

(Il l'embrasse.)

O souffle pur, qui vient encor de m'attirer!
— Ta lèvre de parfums et de baumes trempée
Forcerait la Justice à briser son épée!
Encore ce baiser! — le dernier! — infernal!
Jamais on n'en aura donné de plus fatal.

(Il fond en larmes.)

Il faut que je pleure! ah! c'est que ma fureur même
Est le courroux du Ciel qui frappe ce qu'il aime.

Elle s'éveille !

DESDEMONA.

On vient! Othello! c'est donc vous?

OTHELLO

Oui, Desdemona, moi.

DESDEMONA.

Monseigneur, allons-nous
Dormir?

OTHELLO, assis et ans la regarder, parlant doucement.

Avez-vous fait ce soir votre prière,
Desdemona?

DESDEMONA.

Oui.

OTHELLO.

Bien! Dans votre vie entière
Si vous vous rappelez un crime pour lequel
Vous n'ayez pas encor l'indulgence du Ciel,
Implorez-la sur l'heure.

DESDEMONA

Hé! que voulez-vous dire,
Monseigneur?

OTHELLO.

Allons, vite, allons, je me retire
(Il marche à grands pas dans la chambre.)

Je reste à quelques pas de vous en attendant.
— Préparez-vous ! Ma cause est juste, et cependant
Le Ciel remet parfois même une faute infâme,
Et je ne voudrais pas tuer aussi votre âme.

DESDEMONA.

Quoi! vous parlez de crime et de tuer aussi.

OTHELLO.

Oui.

DESDEMONA.

Que le Ciel me sauve!

OTHELLO.

Amen! qu'il soit ainsi!*
Je le désire.

DESDEMONA.

Au moins, ce n'est pas moi, j'espère,
Que vous tûrez?

---

*   OTHELLO.
Oui.

DESDEMONA.
Que le ciel me sauve !

OTHELLO.
Amen, qu'il soit ainsi!
Je le désire.

OTHELLO.

Espère !

DESDEMONA.

Hélas ! votre colère

À la scène on dit : Ah ! qu'il en soit ainsi ?
Mais l'Anglais porte : *Amen.*

J'espère qu'il viendra un temps où l'on osera dire à la scène cette parole sacramentelle que Shakspeare n'a pas mise sans intention dans la bouche du More. Othello est un chrétien fervent comme l'annoncent beaucoup de traits dans toute la tragédie ; dans cette scène il se regarde comme n'étant plus que l'exécuteur de son invariable résolution, depuis ce vers :

> Yet she must die, else sh'ill betray more men.
>> Il faut bien qu'elle meure, il le faut,
> Car elle trahirait d'autres hommes bientôt.

De ce moment il est devenu à ses propres yeux un pontife, un sacrificateur qui ne doit plus à la victime que le temps d'une prière. Othello a dans son cœur des trésors de foi et d'amour ; l'une lui fait dire : *je ne voudrais pas tuer aussi votre âme* ; *I would not kill thy soul,* l'autre : que son courroux, *est le courroux du ciel, qui frappe ce qu'il aime ; This sorrow's heavenly ; it strikes, where it doth love.*

Il est tellement pénétré de sa foi et convaincu que son crime l'a damnée, qu'on l'entendra se réjouir de ce que Desdemona s'est damnée aussi par un mensonge, quoique ce mensonge soit un dernier soupir d'amour pour lui-même. Souvent il a fait serment par la *Sainte-Croix,* tout en lui est ferveur religieuse, cette flamme veille en lui aussi ardente que son amour. Tous ces traits préparent assez un public attentif et réfléchi, digne de l'œuvre qu'il écoute, à entendre sortir comme un dernier vœu, ce mot qui termine toute prière, et par lequel un chrétien s'unit aux prières d'un autre ; dernière parole

Est à craindre toujours, Seigneur, lorsque vos yeux
Roulent comme à présent, sombres et soucieux.
Je n'ai fait aucun mal; personne n'a de plainte
Contre moi; je ne vois aucun sujet de crainte,
Et cependant j'ai peur.

OTHELLO.

Pense à tes péchés.

DESDEMONA.

Moi?

Le seul est mon amour pour vous, Seigneur.

OTHELLO·

Tais-toi.

---

qu'il accorde à la criminelle, il ne croit plus pouvoir pardonner dans ce
monde, mais il veut bien prier Dieu d'absoudre dans l'autre.

Malgré ces réflexions, je crois que pour leur sûreté personnelle les acteurs
feront bien de dire pendant trois ou quatre ans encore :

— Ah ! qu'il en soit ainsi !
Je le désire.

M. Joanny dit le vers de cette manière, et tout ce qu'il a été possible de
tenter dans cette nouvelle route l'a été par lui dans ce rôle d'Othello. Outre
son beau talent ; son âge, son organe, sa profonde sensibilité, et tout jusqu'à
ses blessures, ses habitudes et ses souvenirs de guerre, contribuaient à l'iden-
tifier avec le personnage du *More*. Je l'avais pressenti, le public a confirmé
mes jugemens par ses applaudissemens .

Pour ce crime tu meurs.

DESDEMONA.

C'est contre la justice.
Tuer pour trop aimer! Punir d'un sacrifice!
Ah! pourquoi mordez-vous vos lèvres en parlant?
Vous tremblez, agité d'un effort violent;
Ces présages sont tous sinistres, mais je pense
Ne pas être l'objet de votre violence.

OTHELLO.

Reste en repos, écoute.

DESDEMONA, assise sur le bord de son lit.

Eh bien! j'écoute en paix

OTHELLO.

Ce mouchoir qui te fut si cher et que j'aimais,
Tu viens de le donner à Cassio.

DESDEMONA.

Sur mon âme
Cela n'est pas. Qu'il vienne, et devant votre femme
Interrogez-le donc.

OTHELLO.

N'ajoute pas le tort

Du parjure au péché, près de ton lit de mort!

DESDEMONA. Elle s'est levée un moment et retombe sur le lit.

Je n'y suis pas encor pour mourir?

OTHELLO.

Tout-à-l'heure.

En vain tu nîrais tout; fais un serment, ou pleure,
Tu n'étoufferas pas tout ce que maintenant
Je nourris dans le fond du cœur en frissonnant.
Tu vas mourir!

DESDEMONA.

Dieu juste! ayez pitié!.. Vous-même,
Ayez pitié de moi. Ce Cassio, je ne l'aime
Que de cette amitié bienveillante pour tous,
Qui ne peut exciter aucun soupçon jaloux.
Je ne vous offensai jamais par mon langage,
J'ai pris pitié de lui, mais jamais aucun gage...

OTHELLO.

Oh! par le ciel! j'ai vu ce mouchoir dans ses mains.
Femme, ô femme parjure entre tous les humains!
Ce mot seul rend mon cœur de fer. Mon sacrifice
De ta vie, à présent je le nomme justice.
J'ai vu le mouchoir.

DESDEMONA.

Vous? Il l'avait donc trouvé?
Qu'il vienne, et par lui-même il vous sera prouvé.

OTHELLO.

Il a déclaré.....

DESDEMONA.

Quoi?

OTHELLO.

Qu'il t'avait possédée.

DESDEMONA.

Il ne le dira pas! *

OTHELLO.

Non, sa bouche est fermée;
Yago s'en est chargé.

DESDEMONA.

Ma crainte explique tout :

---

* He will not say so.

Ici l'admirable actrice s'est levée avec une indignation vertueuse et son attitude sublime et gracieuse à la fois, réunissait les traits de la Muse et de l'Euménide. Dans cette scène elle a montré qu'elle était aussi tragédienne ; elle y a égalé tout ce qui fut jamais grand dans la tragédie, parce que son talent n'a pas de bornes dans l'expression du *vrai* et n'est incapable que de rendre le *faux.*

Il est mort!

OTHELLO.

Il est mort! Quand son ange debout
Aurait multiplié cent fois son existence,
Cent fois on l'aurait vu tomber sous ma vengeance.

DESDEMONA.

Hélas! il est trahi, je suis perdue!

OTHELLO.

O dieux!
L'effrontée! elle vient le pleurer sous mes yeux!

DESDEMONA.

O! ne me tuez pas, bannissez-moi!

OTHELLO.

L'infâme!
A bas, prostituée!

DESDEMONA.

O! la nuit pour mon âme!
Et tuez-moi demain.

OTHELLO.

Non. Si vous résistez...

DESDEMONA.

Une heure, seulement.

OTHELLO

Point de grâce!

DESDEMONA.

　　　　　　　　　　Arrêtez!

Seulement pour le temps de dire une prière.

OTHELLO.

Il est trop tard!

(Il l'étouffe avec un oreiller.)

SCÈNE III. *

EMILIA, du dehors.

Seigneur! Seigneur! la ville entière
Est en rumeur.

OTHELLO.

Qui vient ici? j'entends des pas.

---

* Il était important de montrer que tout n'est pas fini après la mort de *l'héroïne*, et que le dénouement d'une tragédie peut être l'accomplissement d'un caractère et d'une haute vue morale et non la fin d'une petite aventure.

Est-elle morte? Non, non, la mort ne vient pas.

Moi, je suis né cruel, mais, l'action finie,

J'ai toujours eu pitié d'une longue agonie;

Je ne veux pas laisser durer votre douleur,

Non, non.

(Il la poignarde sans la regarder.)

EMILIA, en dehors.

Ouvrez! ouvrez! Monseigneur! Monseigneur!

OTHELLO.

Oui! — C'est Emilia, qui frappe à cette porte.

(Regardant Desdemona.)

Pour la mort de Cassio. — Tout à l'heure. — Elle est morte,

Froide! ô! mon enfant! froide! immobile! — Ah! je crois

Qu'elle respire encor. — Non. — Tout vient à la fois!

Que faire? On va parler à la femme du More.

Ma femme! -- Quelle femme? Ai-je une femme encore?

O funeste pensée! Il me semble à présent

Que les astres devraient, dans ce jour malfaisant,

S'éclipser dans le Ciel, s'enfoncer dans l'abîme.

(Il ferme les rideaux et ouvre à Emilia.)

EMILIA.

Seigneur!

OTHELLO.

Qu'arrive-t-il?

EMILIA.

Seigneur, un double crime :
Cassio puis Rodrigo sont assassinés.

DESDEMONA, sous les rideaux.

Ha !

EMILIA.

Quel est ce cri?

OTHELLO.

Quel cri?

EMILIA.

Dieu ! c'est Desdemona!

DESDEMONA.

Tuée injustement..... innocente, et je l'aime.

EMILIA.

Qui vous a fait mourir?

DESDEMONA, en expirant.

Personne, c'est moi-même,
Recommande mon âme à mon Othello.

OTHELLO.

Quoi !
Elle vient d'affirmer que ce n'était pas moi!

EMILIA.

Oui, je l'avoue.

OTHELLO.

Eh bien! elle a dit un mensonge,
Dont le poids éternel dans les enfers la plonge!
C'est moi qui l'ai tuée.

EMILIA.

Oh Ciel! tant de bonté
Double votre injustice et votre cruauté.

OTHELLO.

Elle tournait au mal; c'était une adultère.

EMILIA.

Vous la calomniez!

OTHELLO.

Non! Perfide et légère
Comme l'onde.

EMILIA.

Elle était un ange de candeur!

OTHELLO.

Une femme perdue.

EMILIA.

Un trésor de pudeur!

OTHELLO.

Ton mari me l'a dit.

EMILIA.

Il a dit cela d'elle?
Mon mari?

OTHELLO.

Ton mari.

ÉMILIA.

Qu'elle était infidèle?

OTHELLO.

C'est un homme d'honneur qui déteste et maudit
Le vice et le dénonce.

ÉMILIA.

O ciel! il vous l'a dit?
Mon mari!

OTHELLO.

Ton mari, femme.

ÉMIILA.

O Dieu! ma maîtresse,
Ton amour fut joué par la scélératesse.

OTHELLO.

Il a tout découvert lui-même habilement,
L'honnête Yago sut tout et m'a tout dit.

ÉMILIA.

                                 Il ment.

De son indigne choix elle était trop éprise.
Ah! ma colère enfin surmonte ma surprise!

(Othello lève son épée.)

Va, je ne te crains pas, homme ou monstre fatal!
Car tu n'as pas en toi, pour me faire du mal,
La moitié de l'honneur qui me rend intrépide.
Je te dénoncerai! More insensé, stupide!
Quand je devrais aussi succomber sous tes coups,
Je te ferai connaître! assassin! vil jaloux!
Sanguinaire jouet d'une envieuse adresse!
A mon secours! le More a tué ma maîtresse!

(Elle frappe aux portes.)

SCÈNE IV.

LODOVICO, MONTANO, YAGO
entrent.

ÉMILIA.

Vous voilà donc, Yago! soyez le bien venu!
De tous les meurtriers vous semblez fort connu!
Dans ses assassinats chacun d'entre eux vous nomme.
Démentez celui-là, si vous êtes un homme.
Avez-vous dit sa femme infidèle? parlez,
Parlez, mon cœur est plein.

YAGO

J'ai dit, si vous voulez
Tout ce que je pensais, mais rien je vous assure
Qu'il n'ait vu par lui-même.

ÉMILIA.

Eh bien! moi je le jure,
C'est un mensonge infâme, exécrable, odieux!
Il faut bien que je parle, elle est là sous vos yeux,
Seigneurs, et sur ce lit, assassinée!

12

TOUS.

O crime !

ÉMILIA.

De vos rapports, Yago, ma maîtresse est victime ;
C'est vous ! la vérité va paraître à son tour.

YAGO. Il met la main sur son épée.

Prenez garde, madame !

ÉMILIA.

Elle verra le jour,
Que le Ciel, les démons, tous les hommes ensemble

(A Othello.)

S'élèvent contre moi, je parlerai. Rassemble
Tous les faits, cruel More, et juge le premier.
Il conduisait ta main, aveugle meurtrier !
Et je suis bien trompée ou dans un but perfide
Il me prit ce mouchoir dont il était avide,
Et que...

OTHELLO, absorbé jusques-là dans son désespoir, se lève.

Parle.

YAGO.

Tais-toi.

ÉMILIA vient se mettre en fuyant Yago sous la protection d'Othello.

Gardez ce réprouvé,
Seigneurs.

OTHELLO.

Parle, te dis-je.

ÉMILIA.

Et que j'avais trouvé,
Yago voulut l'avoir, il paraissait lui plaire;
Cassio ne l'eut jamais.

OTHELLO.

Que fait donc le tonnerre!

(On s'éloigne de lui avec méfiance.)

N'ayez pas peur de moi, seigneurs, je suis armé,
Mais personne à présent n'en doit être alarmé.
J'ai vu le temps où ma main droite et cette épée,
Dont la lame espagnole est dans l'Èbre trempée,
Se seraient bien fait jour au travers de vous tous;
Mais qui peut du destin surmonter les grands coups?
— Je suis au terme enfin du long pèlerinage,
C'est le dernier écueil de mon dernier voyage,
Une femme pourrait me désarmer. — Pourquoi
La bravoure à l'honneur survivrait-elle en moi?

(A Desdemona.)

Ah! pauvre enfant! jouet d'une étoile fatale!
Froide comme une tombe et comme un linceul pâle!
Calme au sein de la mort, comme était ta vertu!
Vois-tu ton assassin qui pleure! le vois-tu?

(Il se roule sur les pieds de Desdemona.)

ÉMILIA.

Oui, rugis à présent, roule-toi, pour qu'on voie
Ce qu'un tigre africain sait faire de sa proie.

(Elle se jette sur le corps de Desdemona, et y reste à pleurer jusqu'à la fin de l'acte.)

LODOVICO montrant Yago.

Gardez ce scélérat.

OTHELLO se relève.

            Laissez-moi lui parler;
Est-ce un homme? oh! non, non, sa main doit vous brûler.
Je regarde ses pieds. Sa vie est une fable!
Mais si c'est un démon il est invulnérable.

(Il le blesse.)

YAGO.

Mon sang coule, messieurs, mais je ne suis pas mort.

OTHELLO.

Tant mieux; pouvoir mourir est un bienfait du sort,
Et vivre est un malheur; je souhaite qu'il vive.

LODOVICO.

Désarmez Othello ; que cet homme nous suive,
On va l'interroger.

OTHELLO, avec une profonde tristesse.

Seigneur, un seul moment !
A ce monstre pour moi demandez seulement
Dans quel but il ourdit son infernale trame,
Et pourquoi ses filets ont enlacé mon âme ?

YAGO.

Ne me demandez rien ; ce qu'on sait on le sait,
Je ne dis plus un mot.

(Il sort, emmené par les gardes.)

LODOVICO.

Si le bourreau cessait
De lui briser le corps, j'aiderais la torture
Dont il sera bientôt la hideuse pâture.
Qu'il sorte ! allez !

CASSIO , qui est entré avec Lodovico , et s'est tenu jusques-là à l'écart , entre appuyé sur deux
soldats et blessé à la jambe

Hélas ! que vous avais-je fait,
Mon général ?

OTHELLO.

Ami ! nulle offense, en effet.
Et j'avais ordonné... votre main et ma grâce...
Pardonnez-moi.

(Cassio lui baise les mains en sanglottant.)

CASSIO.

       Seigneur, est-il rien que n'efface
Tant de malheur.

LODOVICO, à Othello.

      O vous ! vous ! si grand et si doux
Autrefois ! à présent que dira-t-on de vous ?

OTHELLO.

Que m'importe à présent ! Écrivez tout au doge,
Ou partez pour Venise, et s'il vous interroge
Dites : C'est par honneur qu'il lui perça le sein.
Nommez-moi hardiment : honorable assassin ! *
Dans ma vie on verra des crimes, non des vices,
A l'État j'ai rendu peut-être des services,

---

* An honourable murderer.

N'en parlons plus jamais : racontez seulement
Que je n'aimai que trop cette femme, et, comment
Dans un piège infernal lentement enlacée,
Jusqu'à l'assassinat mon âme fut poussée.

Racontez qu'un soldat, qui ne pleura jamais,
Vous a montré des yeux vaincus, et, désormais,
Versant des larmes, plus que les palmiers d'Asie
De leurs flancs parfumés ne versent d'ambroisie.

Il cherche à tirer son poignard sans être vu.

Parlez ainsi de moi; puis racontez encor
Que dans Alep un jour, dérobant un trésor,
Un Turc au turban vert profanait une église,
Insultait un chrétien, le More de Venise
L'arrêta; vainement il demanda merci,
Il le prit à la gorge, en le frappant ainsi. *

(*Il se poignarde et tombe à la renverse*)

---

* J'ai recomposé et resserré ce dénouement tout entier depuis la scène III ;
il m'a fallu rassembler des traits épars, en ajouter quelques-uns et retrancher
de trop lentes explications, parce que c'est aujourd'hui, pour la France surtout,
une nécessité que la dernière émotion soit la plus vive et la plus profonde.
J'ai tâché seulement de ne perdre aucun des grands traits de Shakspeare.

FIN.

DOCUMENS

ET

VARIANTES.

J'ai traduit cette tragédie sur un exemplaire in-folio de la première édition complète des œuvres de Shakespeare. Elle fut publiée en 1623, après sa mort, par deux acteurs, camarades du grand homme. Jusques là on n'avait imprimé que quelques livres informes, et sans distribution d'actes ni de scènes. *John Hemmings* et *Henri Condell* firent paraître ce livre, précédé d'une préface naïve, adressée à tous les lecteurs, dans un style et une orthographe qui correspondent au langage de Rabelais, et où se trouve ceci : *His minde* * *and hand went together.*

---

* Son esprit et sa main allaient ensemble, et, ce qu'il pensa, il l'exprima avec telle aisance, que nous avons à peine trouvé une rature dans ses papiers.

Lisez-le donc encore et encore, et, si vous ne l'aimez pas, assurément vous êtes dans quelque manifeste danger de ne pas le comprendre.

*and what he thougt he uttered with that easinesse
that we have scarce received from him a blot in his
papers.*

*Reade him therefore and againe, and againe and
if then you dos not like him, surely you are in
some manifest danger, not to understand him.*

Leur livre parut sous ce titre :

M. William Shakespeare's, comedies, histories,
and tragedies.

Warburton, Johnston, Steevens, sir J. Reynolds
et Théobald dans leurs commentaires *scholastiques*
qui ne sont guères que des disputes de mots, ne ces-
sent de confronter cette édition avec un in-quarto
du même temps, que je n'ai pu me procurer.

On voit que Shakespeare ne regardait ses *pièces*
(plays) *historiques* ni comme comédies, ni comme
tragédies. Toutes sont nommées histoires, comme
Henry VIII qui s'intitule : *The famous history of
Henry the eight.* Othello porte le titre de *The Moore
of Venice* que j'ai voulu lui rendre.

Le rôle de *Bianca* fut supprimé dès le temps de
Shakespeare comme ici celui de l'infante, du Cid.
Il n'est pourtant pas inutile dans ses deux scènes, en

ce qu'il contribue à éloigner du spectateur l'idée
que Cassio soit aucunement attaché à Desdemona.
Je l'ai retranché plutôt à cause des propos trop
libres qu'il m'eût fallu supprimer, et qui en sont le
caractère, que pour sacrifier à l'usage, car je trouve
coupables les Anglais qui, pour je ne sais quelles pauvres considérations de théâtre, se sont crus en droit
de mettre de côté des scènes capitales, telles que
celle qui termine le quatrième acte ; scène qu'en
France un imitateur osa déplacer. Cette scène est à
mon sens le résultat d'une des plus savantes combi-
naisons de Shakespeare. Il a voulu laisser s'éteindre
doucement le quatrième acte dans le sentiment d'une
rêverie molle, vague et douloureuse ; préparation
habile à un cinquième acte qui est le complément
terrible et double des deux actions confondues.
L'une, intrigue secondaire et obscure, vient aboutir
à un assassinat dans la rue, l'autre d'une nature éle-
vée, élégante, éclate par un débat d'amour et de jalousie, dans la chambre nuptiale d'un palais. Double
et savant tableau que la main d'un grand peintre
pouvait seule tracer, et dont il n'appartient à personne de déranger la composition.

Ce quatrième acte semble avoir été le plastron des arrangeurs et commentateurs, qui le traitant comme le fameux torse antique lui ont ôté la tête et les jambes.

Cependant les premières scènes sont tellement utiles au développement des caractères principaux et au bon sens de l'intrigue que je les ai traduites et les ajoute ici, non sans espoir que lorsque sera appaisée la première surprise d'un spectacle inusité, lorsque seront éteintes les résistances que l'on oppose encore à la réforme du théâtre, on sentira la nécessité de les rendre à la scène ; nécessité que je vais tâcher de démontrer.

ACTE IV.

SCÈNE PREMIÈRE.

OTHELLO, YAGO.

YAGO *.

Seigneur, y pensez-vous encore ?

OTHELLO.

Si j'y pense !

YAGO.

Bah ! donner un baiser en secret, en silence !

OTHELLO.

Baiser furtif !

---

* Yago craint qu'Othello ne se souvienne plus de ses calomnies, et ne cherche à s'en distraire, il les lui remet sous les yeux ; en ayant l'air, comme c'est sa tactique, de leur chercher des excuses.

YAGO.

Ou bien s'enfermer dans la nuit,
Seule, avec un amant, sans péché, ni sans bruit.

OTHELLO.

Quoi! seuls et sans péché, c'est tenter la nature
Qui, dès-lors livre au mal sa faible créature.

YAGO.

C'est peu de chose encor! mais donner un mouchoir.

OTHELLO.

Donner!... je l'oubliais... * ceci devient plus noir....
Ce souvenir sur moi retombe et m'importune
Comme vient un corbeau prophète d'infortune
Sur un château désert tristement se poser.

YAGO.

J'ai vu des gens tout dire, et d'autres tout oser;
Il en est qui, vainqueurs, ne savent pas se taire,

---

* Il est bien beau, à mon avis, qu'Othello ait oublié cette circonstance, légère en apparence, et qu'il faut lui rappeler souvent. Cela diminue beaucoup le reproche que l'on a fait à Shakspeare d'avoir construit toute l'intrigue sur un fondement aussi peu solide que le mouchoir perdu. La suppression de ces premières scènes a surtout donné naissance à cette critique.

Et vont, à tout venant, raconter sans mystère
Les faveurs qu'à la longue, ils doivent à l'ennui.

OTHELLO.

Par l'enfer et le ciel! aurait-il parlé?...

YAGO.

Lui?

Il n'a ma foi rien dit qu'au besoin il ne nie.

OTHELLO.

Eh! de quoi parlait-il?

YAGO.

D'une faute impunie.

OTHELLO.

Quoi?

YAGO.

De ce qu'il a fait je ne le sais pas moi,
Il dit avoir été reçu.....

OTHELLO.

Que dit-il? quoi?..

YAGO.

Dans son lit : — tout ce que..... vous voudrez.

OTHELLO (hors de lui.)

Avec elle!

Dans son lit! — scélérat! le mouchoir! — pêle-mêle!

Les étrangler!.. l'aveu! non.... d'abord le mouchoir!

J'en frissonne du haut en bas!... le désespoir

Si tout n'était réel, pour des paroles vaines,

Ferait-il bouillonner tant de feu dans mes veines?

Quoi! sa joue et ses yeux!... confesse-toi... je veux

Le mouchoir! — ses beaux yeux! ses lèvres! — des aveux!

O démon!

(Il tombe à la renverse sans connaissance.)

YAGO, étendant la main sur sa victime.

Opérez, mes poisons, sur son âme!

Voilà comment on voit plus d'une honnête femme

Perdre pour un soupçon le cœur de son époux,

Allons, Seigneur, allons.

SCÈNE II.

OTHELLO, YAGO, CASSIO.

CASSIO (arrivant.)

Général, qu'avez-vous?

YAGO.

Laissez-le, ce n'est là, qu'une attaque imprévue
Qui vient souvent troubler sa raison et sa vue,
C'est l'épilepsie.

CASSIO.

Ah ! secourons-le !

YAGO.

Laissez,
Je reste auprès de lui, laissez-nous, c'est assez.
Autrement vous verriez l'écume dans sa bouche,
Il devient furieux aussitôt qu'on le touche.
Regardez !.. il s'agite. Allez, dans un instant,
J'irai pour vous parler d'un fait très-important.

(Cassio sort.)

Comment vous trouvez-vous, général?

13

SCÈNE III.

OTHELLO, YAGO.

OTHELLO.

> Que dit-elle?

YAGO.

Soyez homme ! seigneur. La savoir infidèle
Vaut mieux que vivre en paix sans s'en être douté,
Et dormir chaque nuit paisible à son côté.
Vous êtes plus heureux ainsi. La circonstance
Vient vous trouver; le sort vous sert avec constance.
Tandis que vous étiez (chose indigne de nous)
Renversé dans mes bras, le front sur mes genoux;
Cassio même est venu. J'ai déguisé la cause
De ce triste accident, prétextant autre chose;
Mais il va revenir. Cachez-vous, s'il vous plaît,
Dans cet enfoncement. Et de là, s'il parlait,
S'il se laissait aller à l'insultant sourire
Qui d'un amant heureux trahit toujours l'empire,
Vous verriez tout vous-même. Oui, je vais sous vos yeux
L'amener à conter dans quel temps, en quels lieux,

Il fut avec faveur traité par votre femme.

Mais de votre fureur contenez bien la flamme,

Ou je serais forcé de croire que vos sens

Sont livrés au pouvoir des esprits malfaisans.

OTHELLO.

Écoute, amène-le, j'y consens, où nous sommes.

Je veux être, entends-tu? le plus prudent des hommes,

Mais le plus sanguinaire aussi.

YAGO.

C'est juste. Allez,

Et vous entendrez tout, de là, si vous voulez.

(Othello se retire et s'enfonce sous la voûte.)

Maintenant sur Bianca j'interrogerai l'autre ;

C'est une aventurière à qui ce bon apôtre

A dérangé l'esprit et qu'il traîne après lui.

Il rit quand on en parle, et, je vais aujourd'hui

Me servir de son nom. Othello dans ce rire

Verra tous les aveux qu'il rêve en son délire,

Et chaque mot ainsi, va leur être fatal.

(A Cassio qui rentre.)

Comment vous portez-vous, lieutenant?

SCÈNE IV.

(Othello est placé de façon à tout voir, mais ne peut entendre que lorsqu'on élève la voix.)

CASSIO.

Au plus mal,
Triste et dépossédé peut-être pour la vie
De la charge qu'hier le More m'a ravie,
Et dont vous me donnez encore le surnom,
Je ne sais trop pourquoi.

YAGO, très-haut.

Qu'elle vous plaise ou non,

(Plus bas.)

Voyez Desdemona souvent. Si cette grâce
Dépendait de Bianca, dont la faveur vous lasse,
Vous seriez satisfait bientôt.

CASSIO, riant.

La pauvre enfant!

OTHELLO, à part.

Comme il sourit déjà.

YAGO, haut.

Soyez donc triomphant,
Car je ne vis jamais plus amoureuse femme.

CASSIO, riant.

Ouï, je crois qu'elle m'aime! Ah! c'est une bonne âme!

OTHELLO, à part.

Il a l'air de nier, mais faiblement. — Maudit!
Tu souris.

YAGO.

Parlez-moi.

OTHELLO, à part.

Yago, presse. Bien dit,
Bien dit.

YAGO, plus bas.

Elle se vante à tout propos dans l'île
Que vous l'épouserez.

CASSIO.

Je quitterais la ville,
Plutôt. Ha! ha! ha! ha!

OTHELLO, à part.

Tu triomphes, Romain!

CASSIO.

Grâce, pour ma raison! Moi, lui donner la main!
Vous me croyez donc fou!

OTHELLO, à part.

Ris, après ta victoire!
Yago m'a fait un signe; il commence l'histoire,
Sans doute.

CASSIO.

L'autre jour elle est venue à moi

Réclamer, en public, des preuves de ma foi,

Sur le bord de la mer. J'en rougis, quand j'y pense.

Elle vient se jeter à mon col, s'y balance.....

(Il fait le geste de se suspendre au col d'Yago.)

OTHELLO, à part.

Il décrit ses plaisirs sans doute et leurs propos.

— Quand verrai-je les chiens qui rongeront leurs os !

CASSIO, poursuivant.

Elle était en fureur, en larmes, et la cause

Était ce beau mouchoir, voyez, pas autre chose ;

Elle l'avait trouvé dans mon logis hier,

Disait-elle.

(Il tire le mouchoir de sa poche.)

OTHELLO, à part.

     Voilà mon mouchoir. Qu'il est fier,

Le traître !

CASSIO.

     J'en ai peur, je me cache et l'évite,

Et pour cela, mon cher, je m'esquive au plus vite.

YAGO.

Adieu.

(Là, Othello sort de sa retraite, et s'écrie : De quelle mort le tuerai-je ?)

On comprend à présent qu'à la fin du cinquième

acte Othello s'écrie *j'ai vu le mouchoir.* Autrement,

il faut deviner et sous-entendre que par quelque accident, dont personne n'a parlé, il a vu le mouchoir. Tout le monde a le droit de lui crier de sa place : Non, vous ne l'avez pas vu, et si vous l'avez vu seulement dans les mains de Cassio, cela ne suffit pas encore pour tuer votre femme; il faut que vous ayez l'assurance que Cassio l'a reçu comme témoignage de l'amour de Desdemona; si cela est, il faut que nous le sachions, ou bien nous trouverons que vous êtes un bourreau, au lieu de cet homme sage, qui a dit :

— Je veux voir avant de me livrer au doute.
Lorsque j'aurai douté, je veux, quoi qu'il m'en coûte,
La preuve; et, si je l'ai, dès l'instant, sans retour,
Meure ma jalousie, ou meure mon amour.

Eh bien! Shakspeare a prévu, dans ce quatrième acte, comme on le voit, toutes ces objections, que l'on a répétées souvent contre lui, et qu'il serait juste de faire au cinquième acte. Il diminue ainsi la férocité de l'assassinat, et le noble More peut dire avec conviction :

Le sacrifice
De ta vie à présent je le nomme justice.

Il ne sort pas de son caractère légèrement, et pour une bagatelle.

Cela jetterait de la confusion dans l'intrigue pour des yeux attentifs, mais, fort heureusement, ceux de la multitude ne le sont pas assez, et dans un dialogue rapide, l'étourdissement la saisit au point de l'empêcher de faire des objections. C'est là le côté infirme de l'art de la scène; il est malheureux que l'action puisse emporter au point d'interdire la réflexion. Quoi qu'il en soit, on voit ce qu'il résulte de cette malheureuse coutume qui s'est établie depuis long-temps de laisser corriger les grands hommes par les petits; ceux-ci leur ôtent tout simplement le bon sens.

Il me reste à répéter ce que tout le monde sait, que Shakspeare puisa dans l'*Hecatomylthi* de *Giraldi Cinthio* la fable du *More de Venise*. Quiconque la lira, ou en italien, dans les *Cento Novelle*, ou en anglais, dans le *Shakspeare illustrated*, et la comparera à l'œuvre de Shakspeare, verra comment le génie dit à la matière : Lève-toi et marche.

FIN.

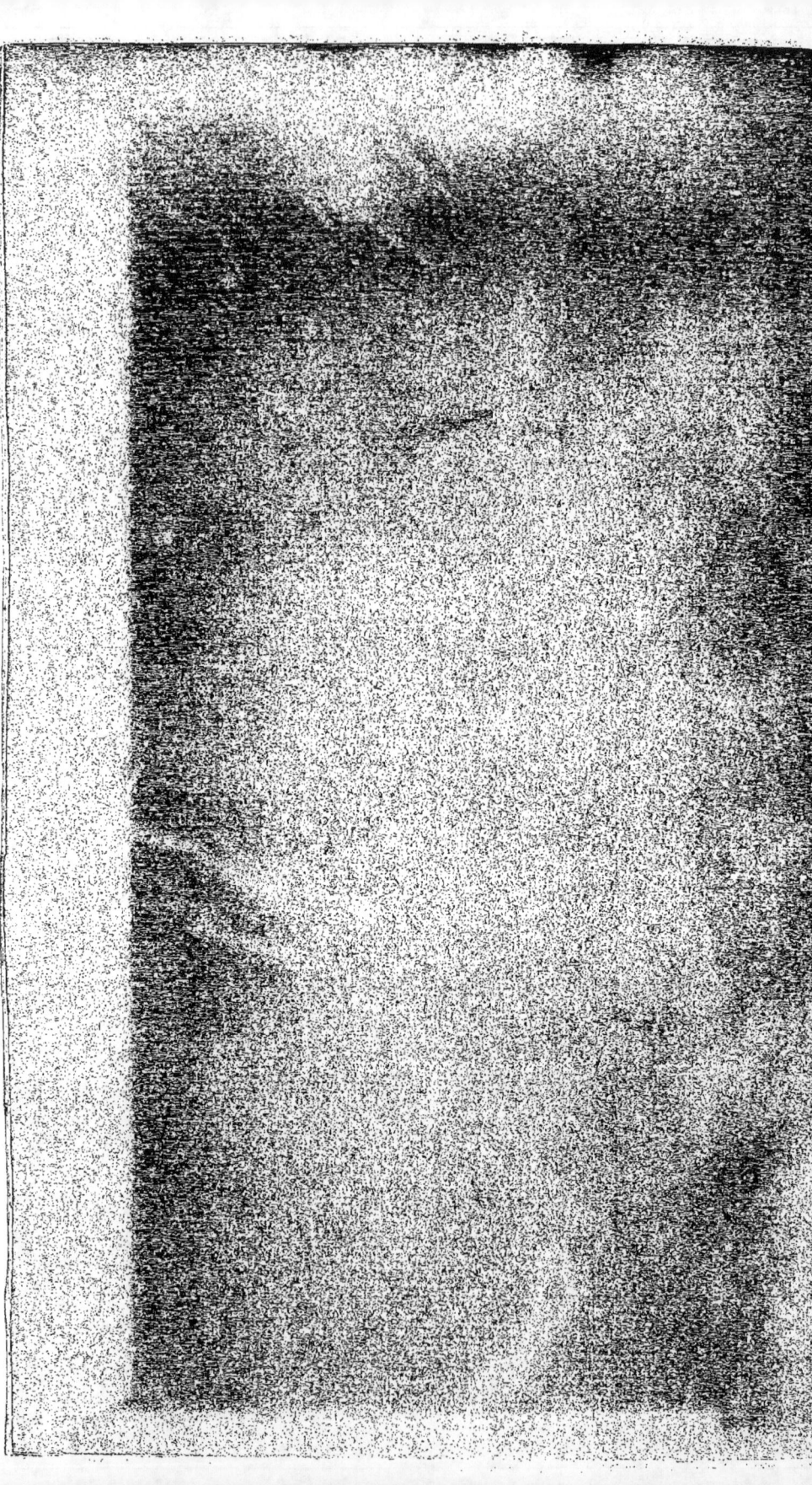

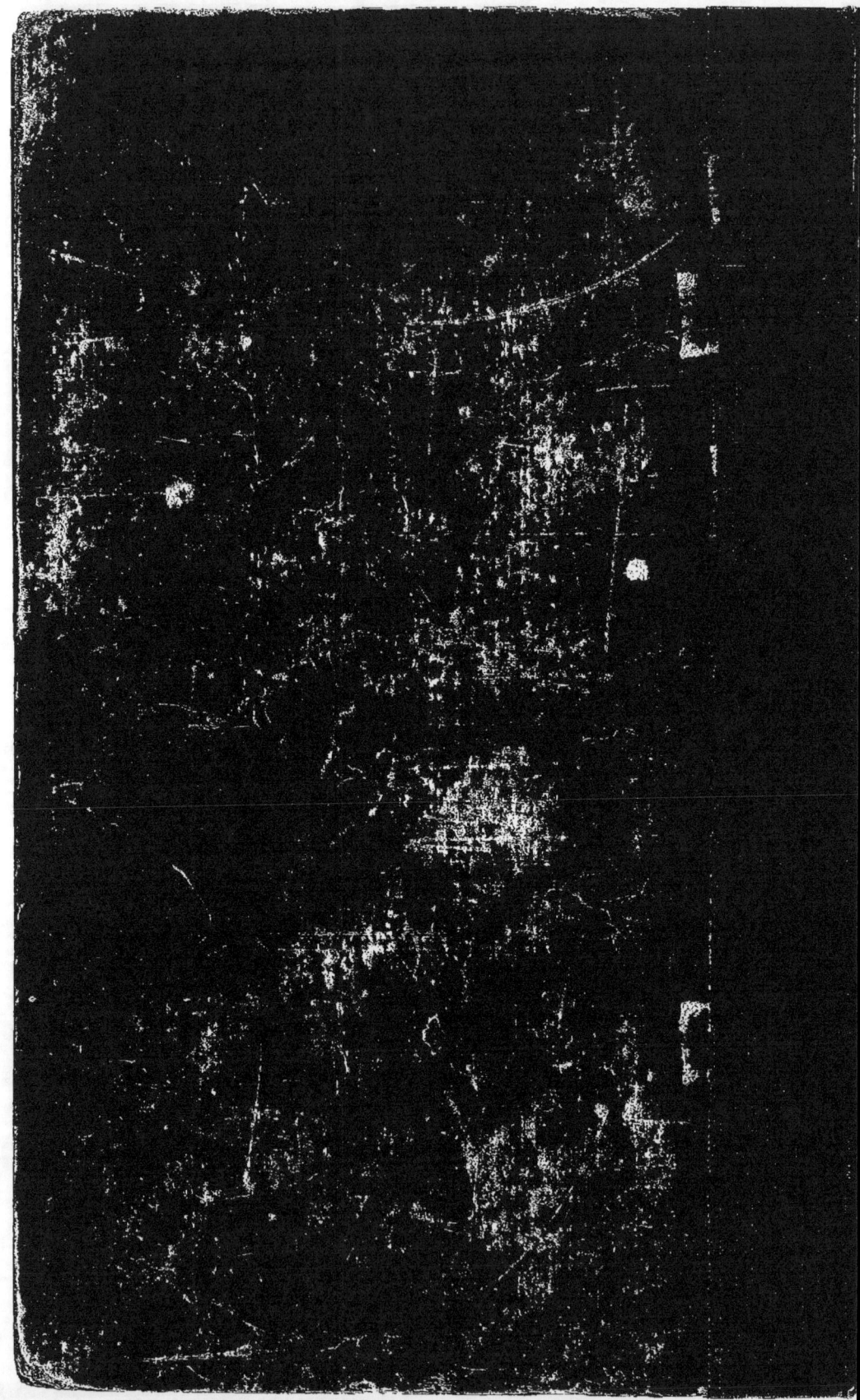

www.ingramcontent.com/pod-product-compliance
Lightning Source LLC
Chambersburg PA
CBHW061428030726
47503CB00005B/1333